植物人

余松 著

广西师范大学出版社
·桂林·

ZHIWUREN
植物人

图书在版编目（CIP）数据

植物人 / 余松著. --桂林：广西师范大学出版社，2022.9
ISBN 978-7-5598-5230-4

Ⅰ.①植… Ⅱ.①余… Ⅲ.①长篇小说－中国－当代 Ⅳ.①I247.5

中国版本图书馆 CIP 数据核字（2022）第 139963 号

广西师范大学出版社出版发行

（广西桂林市五里店路 9 号　邮政编码: 541004）
　网址：http://www.bbtpress.com

出版人：黄轩庄
全国新华书店经销
广西广大印务有限责任公司印刷
（桂林市临桂区秧塘工业园西城大道北侧广西师范大学出版社
集团有限公司创意产业园内　邮政编码：541199）
开本：880 mm × 1 240 mm　1/32
印张：6.5　　字数：110 千字
2022 年 9 月第 1 版　　2022 年 9 月第 1 次印刷
定价：49.00 元

如发现印装质量问题，影响阅读，请与出版社发行部门联系调换。

并非荒诞,只是过于真实

目录

CONTENTS

第一天 001

第二天 025

第三天·上 043

第三天·下 059

第四天 083

第五天 103

第六天 127

第七天 157

"砰！"……

卫从文是被一辆还没正式上牌儿的香槟色新款沃尔沃SUV撞飞的。那辆车远远地滑行着，像在瞄着他做道路正面碰撞测试一样，在黄灯转绿灯的瞬间突然冲了出来。旁边的大公交完全遮住了人的视线，老卫刚弓起身体，屁股离开车座，使劲儿蹬了两脚，打算从即将启动的大公交前面冲过去，眼角的余光里就突然出现了一团模糊的东西，沃尔沃硬邦邦的前保险杠剧烈地撞在了他的自行车侧面。

老卫飘浮在半空中，像从炮膛里被发射了出去，自行车比他飞得更远，撞到坚硬的水泥路面时还顺势颠着滑了出去。在被抛起的一瞬间，他根本就没听见轮胎摩擦地面时发出的那声刺耳的尖啸，他只想到："完了！"公交车前排一个面向车头站着的女乘客吓得上身后仰、脸色苍白，她咧着嘴、咬着牙，眼睛瞪得大大的，两只手僵缩在胸前。

植物人

当沃尔沃斜着停下来时,他像一个孵了一半的蛋,啪的一声摔碎在地面上那摊污水边,身上、脸上都是泥水,有血从鼻子和嘴里流出来,头顶略显稀疏的头发被水浸成一缕一缕的;一个眼镜腿耷拉在左耳上,另一边的镜框歪扭着,树脂镜片摔到一边;那套新换上的运动服上衣被撕开了一条长长的口子;一条腿奇怪地蜷着,右脚上的运动鞋甩在几米外的路中央。他整个人看上去就像一具在污泥中浸泡了几天、等待腐烂的尸体。

沃尔沃的司机吓坏了,半天都没下车。后来,一个穿着明黄色衬衫的人过去拍了拍车窗,坐在方向盘后面的年轻人脸色惨白,哆哆嗦嗦地放下手机,降下车窗玻璃,用惊恐、羞愧的眼神望着来人。穿明黄色衬衫的人指了指伤者,年轻人机械地"嗯"了一声,又慢慢升起车窗,拿起手机拨着,不时抬头看一眼。沃尔沃进气格栅上那个圆形的车标像只戴着眼罩的病眼,斜睨着十几米外地上那堆微微蠕动的人形物体。一个上了年纪的老太太用一团装着什么东西的塑料口袋把老卫的头垫高了点,免得污水灌进他的嘴和鼻子里。

老卫躺在温热的地面,眼睛里像覆了层半透明的薄膜,看不见周围越聚越多的人,也听不见他们在说什么。他的耳朵一开始就进了水,整个世界都在轰轰作响,一直在响,异常空洞的感觉。他试图挪动一下,发胀、麻木的身体似乎已经和他分离,不再听他使唤。脑袋侧面可能擦破了,又热又胀,他感到要窒息了。

"千万要挺住,"他颤抖着告诉自己,"为了小乔和孩子。"

过了一会儿,闪着灯的警车从对面驶过来,停在离自行车几米远的路边。一个警察从车里出来,站在那儿左右看了看,然后戴上帽子,关上车门。向这边走了几步后,他又返回去打开车门,探进半个身子,像在找什么东西。

等另一个戴着墨镜的警官走过来,围在路边的人自觉向外让了让。警官皱着眉头,像是有些厌烦,他走到老卫头边,弯腰看了看发出微弱呻吟声的受伤者,直起身子,盯着闪着警示灯的沃尔沃,语气冷漠地问:"谁是司机?"然后顺着旁边一个人的手指看向十多米外低头坐在路边的肇事者。

有人冲司机喊着。警官对慢吞吞走过来的司机道:"你开的车啊?"

"是。"

"你报的警吗?"

"不是。"

"谁报的警?"警官环视着,又问。

"好像是个大姐报的警。"

"人呢?"

植物人

"走了吧。"

警官又提高声调问了一遍,然后不紧不慢地拿着对讲机道:"报警人不在现场,你们再联系一下。"

"行驶证、驾照。"警官别上对讲机,伸出右手对司机道。

"在车里。"司机说完看了一眼警官,才侧着身子走向自己的车,但又被警官语带训斥地叫住:"走人行道!"

司机只好转向人行道,等着红灯变绿灯,眼睛越过行进的车流望着自己的车。

警官又走到老卫面前,蹲下身,把墨镜推在额头上,看了看他,又站起身看了看他的自行车,然后从几个角度开始拍照。

老卫躺在那里,有一瞬间,他这一生所有的经历都浮现在脑海里,又以极快的速度消失了;但是他能清晰地看到每一片细节。现在,让他感到身不由己的,是他的思绪开始在某个空间里游荡,一些似是而非、杂乱无章的念头闪着光,乱纷纷地闯进来,在他还没有弄清楚的时候又消散了,好像只是来走个过场,和他告个别。胸口的烦闷逐渐堆积起来,缓慢上升到气管那儿,如同一小截水面横在咽喉处,微微摇动。绿灯亮起,车流经过时带来的震动从地面传导到他的身体,逐渐消失,又返卷回来。不知怎么,他想起一个很久没有见面,已经记不起样子的远房亲戚,他感到可笑莫名,却无法把这个固执的念头从头脑中驱走。

一些更加莫名其妙的古怪念头也不知从哪里汇聚而来，纷纷扰扰，既真实，又空洞，转瞬间又消失得无影无踪。

似乎有阴影在他头边移动着，他的心脏又剧烈地抖动起来，他忽然有种被围观的羞愧感。贴在温热的柏油路面的面颊能感受到路面坚硬颗粒的凹凸，大地从他身下向四处无限伸展着、旋转着，托着他的身体飘在空中，飘向某处异常空旷、寂静之地。

"怎么还没有人来帮帮我，扶我起来！"

"120"来了，仍在围观的人群略微有些骚动。从救护车上下来两个穿着白大褂的年轻医生，他们从车里拉下一个滚轮医疗床，使劲一抖就打开了。他似乎能听见橡胶轮在水泥路面滚动时发出的格楞楞的声音。

前面那个医生走过来和警官打着招呼，两个人聊了几句。另一个医生蹲下来轻轻碰了碰他的胳膊，问了句"能听见吗？"。他对耳边的高声询问没有丝毫反应。他们又和警察沟通了一下，然后把他抬上车。年纪大点的医生用棉布给他擦了擦脸上的污秽，给他戴上氧气面罩，又扒开他的眼睛看了看。救护车启动了，蓝色的警报器发出凄厉悠长的叫声，转过街心公园的环岛向东驶去。两个医生默默对望了一眼，其中一个瘪着嘴，轻轻摇了摇头。

被抬起来，移动，停下，被戴上面罩，这些动作让他心里感到踏实些，终于不用躺在路上任人观赏了。但是他的呼吸不太顺畅，鼻孔里发出起起伏伏的嘶嘶声，就像恐怖电影中伴随着黑暗画面而出现的惊悚、沉重的呼吸声。他越来越觉得疲乏，有种无法抗拒的力量在诱惑他进入期待已久的睡眠，若即若离的最后一点意志还在虚弱地抵抗着。他不敢就这么闭上眼睛，竭力想张开眼睑，让一些光线漏进来。

救护车一路闪着蓝色的警灯，未曾停下过，但是通向医院的路却如此漫长，似乎永远也没有尽头。他突然疑惑起来，这到底是要去哪儿？为什么还没到达？还是已经到达了？车子突然摇晃了一下，似乎是撞到了什么又厚又坚韧的障碍被弹了回来。他不禁感到一阵恶心，呼吸又急促起来。在他正慌乱无措，还没想好该怎么办时，一个中性、温柔的声音从四面八方将他罩住："嘘……睡吧，睡一觉就好了。"他的眼皮上有一条线开始渗出丝丝酸涩的物质，整个世界只剩下眼前的一小块，越来越模糊，越来越遥远，像滑进另一个陌生又熟悉的所在。他头脑中残存的最后一点记忆也如同一片羽毛开始轻轻飘离，他能感觉到它们离开他身体时的迟缓和犹疑。

四周突然变得静悄悄的，没有一点声音，原来在他混浊的目光中闪来闪去的模糊白影也消失了。他试图伸手挽留它们，或者算是告个别；但他感觉不到手脚的存在，他的身体被分解成能隐隐约约感受到的片段，记忆像缕淡淡的青烟越飘越远，终于消散在一处混沌的尽头，一扇门一样的东西把最后一点缝隙掩藏起来。有一股力量吸着他，世界又开始旋转起来，刹那间就飞速而去，在被吸走的一瞬，他对自己说：

"我这是要死了吗？"

第一天
✓

植 物 人

　　老卫醒来时，眼前悬挂着一对并不熟悉的乳房，一个三十多岁的护士正和另外一个年龄不大的实习护士用剪刀给他剪开缠在身上的纱布，一层又一层，只把头上的留着，仿佛是把他从一只巨大的蚕茧中给剥离出来。现在除了左腿还打着石膏，其他部位的纱布基本都拆掉了。他心里一阵激动，接着是一阵突如其来的眩晕，心脏在胸腔里剧烈弹跳起来，咚咚咚咚！眼前的影像忽而清晰，忽而模糊。一个女人靠近了看着他。

　　"她是在和我说话吗？怎么听不见？"他的嗓子干涩、拥堵，如同一截被烤软而塌缩的橡胶管，里面长满了倒刺，吸气时有种灼痛感，他感觉连眼前的光线都像是被烧红了。屋子里的几个人围过来，她们并没有给他拿水，只是围着他，对他指指点点。"你们没听见吗？给我点儿水！"他感到胃里一阵一阵地翻腾，心脏又开始剧烈颤抖起来，还没看清那些人的脸，他脑袋"嗡"的一声又陷入了昏迷。

第一天

  这一觉睡得很不踏实,他在一片虚无的空间里游走,如同一粒蒲公英的种子,在荒野中随风飘荡,无着无落,时而灼热,时而寒冷。有些游离的意识和记忆片段时不时地窜出来,进错门一样一闪而逝。

  等他再睁开眼睛时,屋子里的光线已经很暗了,窗帘半拉着——是夜里了。他觉得自己睡了一个并不舒服的下午觉,头昏脑涨,意识模糊,舌头膨胀、干涩,裹着一层黏液,一股油腻腻的咸腥味溢满了整个口腔。他的身子僵硬酸胀,被紧箍在"刑具"里无法动弹。他想叫人,但舌头被煮熟了似的,发不出丝毫声响。而且,他发现自己的头只能向左转动不到5度,向右,嗯,好些,差不多可以转10度。"天呐!"无边的恐惧从他心底涌出,排山倒海一般向他袭来。

  走廊里似乎有些动静。他喘着气,尽量让自己平静一些。现在,他的身体看起来像一截被放倒的树桩。原来关节有点不好,这下好了,再也不用担心什么关节了,还有高血压、慢性胃炎、偏头疼,统统不用担心了。

  他闭上有些酸胀的眼睛,隔绝微弱的光线,回到属于自己的世界——噩梦开始的那天,天气很好,几天的连雨后,阳光一扫往日的阴霾,他当时就是满心喜悦,在清新滋润的空气中骑着自行车。雨后的植物青翠茂盛,焕发出勃勃生机,让人生发出对生命的感动。他并不在乎那些脏兮兮的积水。加快速度、前轮冲进水里时,他高高抬起双脚,灰色的泥水被车轮劈开,"哧哧"倒向两边,如同锋利的剪刀滑过簇新的布料。

如果当时在路上稍微耽搁一下,哪怕只是短短的几秒钟:比如从学校转出来上坡的时候推着走会儿;从宠物店门口经过时别装作没看见似的从正在给雪纳瑞刷毛的小赵身边快速骑过去;过天桥时停下来看看那个卖假药的怎么骗那个拎着一布袋青菜的老太太;下坡时花一点时间掏几毛钱给那个只有半截身子、撅在地上乞讨的小乞丐……每一个假设都能让他避开这场突如其来的灾难。难道冥冥之中有什么力量催促他及时赶到那辆车前?

——"砰!"

"在半空中时我想到了什么?"他努力回想着,好像也没什么,只有极短促的一丝恐慌,不知道落下来会怎么样,然后就结结实实摔在了地上。那一瞬间,他心里还暗自庆幸,想撑起身体,胳膊腿却有点不听使唤,酸麻、软弱得像泡过劲的方便面。接着,有些车从远处黑乎乎地冲他压过来……

家惠去哪了?值班大夫一定在办公室里和护士鬼混,他们只把他当作一具还没有凉透的尸体,什么时候僵硬了,就拽着他的两条断腿把他拖到太平间,扔到那一堆硬邦邦的冻肉中。

有了第一次苏醒的教训,他不敢再轻易合眼,望着窗子上沿

第一天

不到三十厘米的地方，一抹狭窄、模糊的夜色正从那里透进来。他努力回想着，那些记忆的碎片慢慢被连在一起，织成一幅令人绝望的图画：汽车、黑影、渗入地面的血水、坚硬的水泥路面、热情的观众……外面突然传来猫的号叫，一声接一声，像冤死的幽灵。

"要是真的瘫痪了……"就在一个月之前，他在微博上看过一个介绍各种瘫痪状态的图例，左半身的、右半身的、高位的、全身的……那些简笔线条画出来的人形看起来还挺可爱，瘫痪的部位是红色的……这太残酷了，他不敢再往下想，那样的话真还不如死了痛快，那个天杀的怎么不加大点油门直接撞碎我！

老卫在正午艳阳发出的耀眼白光中再次睁开眼，快速眨了眨，渐渐适应了这种光度。他终于看清了病房，挺宽敞，看样子有近二十平方米，以他市文联副主席的身份，按资格就应该住在特护病房里。

屋子里现在只有他一个人，架子上悬挂着三个沉默的点滴瓶——一个大的，透明的，打了一半；一个小的，尿液般的黄，也打了一半；还有一个也是小的，透明的，还剩不到三分之一。对面墙上是一台壁挂式液晶电视，应该差不多有40寸，被调成了静音，屏幕里的人无声地表演着：一个人推开了门，后是个特写，一张脸占据了整个屏幕，笑呵呵地望着他。门边那两个蓝色的单人沙发看起来崭新，家惠他们可能就坐在那儿看护自己。他仔细辨认着对面单人床上搭着的一件条纹病服上印着的几个红字——"市一院"。

中午了，电视里在转播午间新闻，主持人字正腔圆地播报着关于北京街的改造情况，已经二十九号了？他吓了一大跳，怎么过了半个月了？他还记得那天，十三号，他已经订好了十四号去上海的机票，去参加一个作品研讨会？嗯，对，是那个上海新锐女作家。他的文坛老友司马请他捧捧场子，作为特邀嘉宾，扶持一下新人。这种事，大家互相帮衬，义不容辞，况且他也有两年没去上海了，正好去转转。他把整个行程都筹划好了：路上可以把小说的电子稿简单看看，见见几个新知旧雨，说不定还会有额外收获。

现在，他却被邀请到了医院，躺在这里供人观瞻。生命真是无常，整整两周，足够他在地狱里下到十几层了。窗外有一些隐隐约约、显得很遥远的声音，像轻微的耳鸣。"人呢！"他有种被抛弃的愠怒，极其强烈地想见人，最好是熟悉的面孔，让他觉得这还是人间。

那袋小的液体快输完之际，家惠终于来了，穿着一件碎花裙子和一件黑色的半袖真丝衬衫。他想不起来她有这条裙子，这件衬衫倒是很得体，丧葬的颜色。她的脸上化着淡妆，和往常一

第一天

样,眉目间含着一丝隐忧。

她自然、熟练地安排着一切,就像在家里一样不慌不忙、有条不紊。她把一条毛巾在水盆里浸湿了,给他擦脸和脖子。他快速地眨着眼睛,用眼神告诉她,他恢复意识了,她却无动于衷。在无意识的日子里,他是不是也常常这样张开空洞的眼睛,面无表情地看着她?擦完了,家惠看了看他,似乎暗自叹了口气,又抬头看了看那三个吊瓶,从包里拿出一个十字绣坐在凳子上照着图样绣起来,不时抬头瞅他一眼。

三瓶药液仍旧不紧不慢地滴着,有两个渐渐几乎同步起来。看来,他现在只能靠那些瓶子里的药水来维持生命了,也好,省了排泄的麻烦。他看着药水,仿佛生命正从那几个小瓶子里一滴一滴地流逝。

那瓶黄色尿液一样的药水终于只剩下瓶口的一小截,家惠按了按床头的红色按钮。不到半分钟,一个小护士推门进来,手里提着一大袋液体,笑着和家惠打招呼。他看着小护士用双手把那一大袋牛奶样的液体费力地举着,挂在架子上,接上注射头,调了调速度,临走时瞥了眼放在他身上的十字绣,冲家惠笑了笑。

乳白色的液体沿着透明、柔软的塑料管道无声地流进他这个衰老婴儿干瘪的血管里,像是未来机器世界的哺乳预演。那东西看起来浓浓的,味道一定不错,等康复了,一定买一袋尝尝。他想起一个女人胀鼓的乳房和没有什么特别味道的奶水。作为一个重症病人,除了求生的本能,现在是不该有什么额外的欲望的。

家惠已经出去一会儿了,病房里又剩下他一个人,那种被遗弃的不安趁机又笼罩住他。"真是老了,婴儿一样脆弱。"不连贯的思绪总想把他诱进昏昏沉沉的无意识世界中。他在那些若隐若现、闪躲不迭的思绪里刚理出一些头绪,一转眼又乱成一团。护士推开门,望了一眼输液袋,又出去了,甚至都没看他一眼。看来,在他昏迷的日子里他们只把他当作一个会呼吸的、和床融为一体的物件而已。

家惠再次推开门,是和韩馨一起进来的,她们看起来就像一对刚刚逛街回来的姐妹。她把花放在床脚柜子上,接过韩馨手里的水果篮放在床脚和墙壁间的空地上。

韩馨微微弯下腰看着床上的病人,充满同情地说道:"卫主席,老卫,我是韩馨,我代表母书记和周主席来看你了。"她眼里闪动着令人捉摸不定的神情,多熟悉啊!

"家惠,医生怎么说?"

家惠微微摇了摇头。

"完全不能恢复吗?"

"最大的可能就是恢复部分意识,还要看运气。"家惠说完,

第一天

几个人同时在心里叹了口气。

"真是太难过了。前几天我去五台山还向文殊菩萨祷告,希望保佑老卫逢凶化吉,早点康复。"

"真是谢谢你了。"两个人坐到蓝色沙发上,家惠从小冰箱里拿出一瓶矿泉水递给她,又叹了口气。

"家惠,我一向把你当亲姐妹,有点事提前和你知会一声。"两个人闲说了几句,韩馨拉着她的手道。

"瞧你说的,说吧。"家惠故作轻松,但脸上不禁露出失望的神色。

"现在正在换届,人心惶惶的,加上老卫这种状况,万一有什么事情,你可要提前有个心理准备。"

"怎么了?"

"也没什么,就是有人可能觉得老卫现在还不知道状况如何,能不能正常履行职务什么的,你知道,现在几个萝卜才一个坑,很多人都盯了多少年了。"

"谁这么没人性?老卫都是要死的人了,还在落井下石?是不是老朴?"

"妹妹,你知道就行了,心里有个准备。我也会尽量为你们争取的。"

他躺在那里,听着两个人说着似乎与他有关的话。家惠说得对,墙倒众人推,每个人都是虚伪的,随他们折腾吧。这世道,他早看透了,就像眼前的这个女人,人们也都称她为作家,但在他眼里,她只是个文学爱好者,或者说文学家爱好者。韩馨也发表过几篇关于男女病态关系的散文化的文章。关于这些暂且可以称之为作品的东西,怎么说合适呢?比起她的酒量可谓是小巫见大巫。作为有名的交际花,这么多年了,她保养得真是不错,尽管遮不住眼角的皱纹,可还是风韵犹存。他看着韩馨表情生动的脸庞,想着他们从相识、亲密到疏远的整个过程,不禁百感交集。

"我请你喝一杯吧,算是为你接风。"在一次出差结束后的会议晚餐上,她特意走到他身边诚恳地望着他,眼睛里滚动着那种热切、亲近的光芒。

"不用不用,还是我请你吧。"那时,他还是小卫同志,作品刚刚在全国获奖,才调进文联中心办公室,是一颗冉冉升起的希望之星。

晚餐终于结束了,他们一前一后到了宾馆旁边的"good lady"酒吧,选了个僻静的小角落坐下。他喜欢这里略带忧郁、暧昧的氛围,似是而非、造型奇特的装饰,温情脉脉、低声哼唱的乐曲。她要了杯约翰沃克黑牌威士忌,摇了摇,冰块在金黄色

第一天

的液体中摇摆着，发出叮叮当当悦耳的声音，给他要了三瓶红瓶百威。

"敬我们的大作家！"她举起杯子说，眼波流动，似笑非笑。

"谢谢！以后还请多多关照。"晚餐的酒气还缭绕在头上，他又勉强喝了一杯。

"好好干，可千万别拿我当外人，我会尽力支持你。你这么年轻，前途不可限量，以后还得请你关照才是。"她又给他倒了一杯，泡沫翻滚着，漾出了杯口。

他从未有过这么兴奋的时刻，入迷地听她说着单位里的奇闻轶事、人情世故。她眨着大眼睛一个劲儿问他，他那篇获得"新希望"文学金奖的《呼吸、道德与哈士奇》到底是怎么想出来的，简直太有意思了。这充分满足了他幼稚、难耐的虚荣心。她真是个善解人意的女人，把第二瓶酒喝完，她已经成为他的红颜知己，让他感到无法言说的满足。

"我真的不行了，你替我喝吧。"她把留着唇印的杯子举到他嘴边，眯着笑眼看着眼前这位意气风发、醉醺醺的年轻作家。他心慌得厉害，觉得自己随时都要停止呼吸，摔倒在地。

喝完酒，他俩有点踉跄地进到电梯里，看着荧光灯下半靠在他肩头的韩馨，他压制住心底突然涌起的冲动。"等等！"

他们互相搀扶着来到韩馨房间门外，她指了指自己的裤子口袋，就闭上眼睛靠在他身上，像是昏过去了。他一手挽住她的腰，一手伸进她裤子口袋，摸出房卡，打开门。在把她往床上放下时，他的右手有几秒钟就势按在她丰满的乳房上。她仰面摔在床上，像睡着了一样，一条腿却伸在他的两腿间，钩住了他的右腿。

他把整个身体撑在韩馨的上方，凝视着她红润的脸庞和微微抖动的睫毛。她没有张开眼睛，把下巴微微向上抬起，哼了一声。他俩的鼻尖几乎顶在一起，热气一股股地喷在彼此的脸上。他压下来，双手捧着她的脑袋，她的胳膊立刻将他环抱起来。他们吻着对方，气喘吁吁。过了一会儿，他将她扳到自己身上，继续吻着，双手摸着韩馨肉感的屁股。他们疯狂地做爱，然后拥抱在一起，昏昏睡去。

凌晨，他先醒来，看着面前的韩馨，忍不住又充满了欲望，他们又开始做爱，两次。快六点的时候，他回到自己的房间，一直睡到快十一点。傍晚去机场时，他们在大堂里见面，他本来想表现得亲热一些，可是韩馨只是微微点点头，仿佛什么都没发生过。

回去后的第二个星期，他们又在一个隐秘的郊区酒店偶然遇到了，那是个什么样的夜晚呢？至少在他心里，这段记忆已经很不完整了。这一次，她其实并不热烈，似乎只是为了巩固一下彼

第一天

此的关系。这和他对遭遇激情的预期有些距离,他有些失望。那时的他还没那么功利,还挺单纯。

"当初喜欢韩馨什么呢?"她走起路来有点儿松懈的屁股?一到夏天若隐若现的三角内裤的边痕?一目了然的风情?除了这些还有什么?他们从未说过喜欢对方的话,有点像……"相互及时地占有"。这一点他觉得他们有点像,肉体交互时好像两人都在努力证明着什么,谁也不愿意把自己的本性暴露出来。她哼哼的时候显得心不在焉,彼此心里都觉得有点尴尬,那种刻意的尊重,仿佛只是碰巧一起做了个相同的梦。他知道,在她那里他是安全的,万一有什么风吹草动的,说不定彼此还会帮衬一下。这么看,也没那么差劲。

开始的几年,他并不顺利,运气似乎突然就忘却了他的存在,人们也都和他保持着安全的距离,对他有赞有损,也让他懂得了取舍之道。感情也是一样的道理。他们很快就恢复了标准的同事关系——礼貌、尊重,不参与对方的是非,偶尔私下问候一下。至于第一次听说她和另一位著名评论家关系暧昧时未能即时化解怨怼情绪,后来他自己也觉得,当时还是太年轻了!那以后,他便能泰然处之了。每次走向成熟的经历都让他回味良多,这就是人生的历练,每个人都逃脱不掉的命运捉弄,不是吗?

植物人

韩馨走了,家惠把花放进大花瓶里,加上新水,然后又弄了会儿十字绣。好像突然想起来什么,她放下手中的东西坐在他身边,手里拿着韩馨留下的那封灾区的来信,看了看信封,撕开,拿出信先浏览了几段,看到第二页时,才轻声读起来:"敬爱的卫老师,我是城北村的会计小夏,感谢您捐助的两车衣服,让我们在去年冬天解了燃眉之急。"

他闭上眼睛,那些感激的话让他此时觉得尤为慰藉。去年大地震时,自己在市里组织的义卖捐助活动上对着摄影机慷慨承诺,要捐助灾区十万块,但后来觉得有点多,于是去找了郊区的那个红兴外贸服装厂。他和厂长的女儿,也就是现在的副厂长,算是师生之谊。她是师范学院历史系毕业的,很喜欢文学,买了各种各样的文学期刊,每期都从头到尾细读一遍。前几年服装厂开业时,她还托人请他去剪彩。他帮着修改的两篇小文章,被他推荐发表在市办的文学杂志《文路》上,这些举手之劳现在终于派上了用场。最近经济形势不好,出口锐减,厂里积压了不少棉服,他花了两万块就买了两车衣服,顶了那十万捐助。不管怎么说,要不是赶上经济状况不好,那两车棉服怎么也值个十万八万的。大家一拍即合,皆大欢喜。

他听着韩馨读着信里那些孩子拿到新衣服时的兴奋心情,颇为动容。信写得挺长,并不很流畅,不过感谢之情倒是溢于言

第一天

表,他听着听着就睡着了。

不知过了多久,老卫在一阵语调高扬的人声中张开眼睛,发现病房里几乎都要被塞满了,四五个人围在他的四周,家惠正在激动地说着:"我们老卫这么重的病,到现在还没恢复意识,你们怎么能说把他转走就转走呢?级别不够吗?他还没死呢?"

他有些诧异,家惠极少这么愤怒,自己要被转到哪里?到别的医院吗?

"您消消气,刚才我们主任特意和您谈过了,这也是没办法,等一有空房间再把这位病人转回来。"护士长脸上带着无奈,和家惠说着。

"我真不知道该怎么和你们说了。我们级别低,争不过别人,可还有比老卫更严重的病人吗?这不是明摆着欺负人吗?要搬你们自己搬,如果老卫以后出了什么问题,你们可要负责。"

"您看您说的,我们一定会加倍小心,这不是找了四个年轻医生来,就怕护士力气小,磕到、碰到的,您放宽心。"

"既然这样,那我给市委黄秘书长打电话,请他评评理。"她说着拿起手机。老黄是老卫的哥们儿,现在是市委秘书长,当年刚调到办公厅时,他帮忙给人发了几篇文章,他们由此建立了深厚的友谊。这就是投资,人无远虑,必有近忧,自己举手之劳,成人之美，日后必会获益无穷。

"我们副院长请您过去一趟。"一个护士进来，走到家惠身边，小声道。

"你们自己看着办吧！"家惠气呼呼地推开门，跟着小护士出去了。

新的房间就在上一层，是个双人间，小一些；土黄色瓷砖地面，看着脏兮兮的，像总也擦不干净；少了两个沙发，倒是有两把椅子；被子有点薄，床单、被罩已经洗得很薄了。他被推出来时才知道，自己原来一直在三楼，三五三，他记下了这个号码。两个女护士把床单整理了一下，四个男医生七手八脚地把他从轮床抬到新床上。他们都脸色通红，其中一个像卸完货似的拍了拍手上的灰尘。据说死人比活人重很多，"怎么这么沉！"他们一定是这么想的。

想开点，这样也好，正好换个地方，呼吸点不同的空气，见见不同的面孔，也让大家都看看他，省得他们偷偷摸摸扒门、趴窗户。现在，他比家惠想得开，尽管自己是一级作家，应该享受市级待遇，享受特护，可生活总还是有不如意的地方，祸福相倚，不如多想想好的一面。

折腾了一会儿，倒让他觉得舒畅了不少。不管怎么样，他们都应该每天推着他到外面晒晒太阳，让紫外线把他身上的霉菌

第一天

杀死一些,再继续待在屋子里,身体都会结出青苔来。现在是春末夏初,本来是郊游的好日子,往年这个时候,他都会和小乔一起到另一个城市的郊外住几天。她挽着他的胳膊,他们像一对父女,漫步在茵茵绿草间的石子小径上。在活泼的小溪边,他们坐在圆圆的大石头上,边拨弄水花边晒太阳。偷偷地和她接个吻,抚摸一下她性感的身体,捏捏她圆润的小屁股。他觉得上天待自己真是不薄,让自己在这个年龄还能经历一次真实的爱情。他有时候夜里醒来,看着小乔红润的面孔,心里感到异常满足。人生如此,夫复何求!

病房另一张床上的被子被压过,边柜上放着几个钢制的中号饭碗,还有两根香蕉、一个500ml的黑色保温杯。看来还有一位病友。他是谁呢?男的还是女的?年老的还是年轻的?是不是自己认识的人?

家惠正在把物品放进柜子里时,两个护士推着治疗车进来了。其中一个四十多岁的对家惠和颜悦色道:"您好!我是护士长,以后有什么事直接找我就行。"

家惠看了看她胸前的名牌,道:"好,谢谢!什么时候能有单间?"

"现在病人多,我们主任已经嘱咐过了,一有单间第一个就让给您。"护士长带着职业的微笑说道。

植物人

过了一会儿，门吱呀一声被推开，一个看起来七十来岁的老头拄着根暗红色的光亮手杖，一副病恹恹的神态，看了他一眼，径直走到床边，慢手慢脚脱了鞋，靠在被子上躺下来。接着，进来了一个挺着大肚子、有点谢顶的中年人，他把手里的水果袋放进柜子里，回头看了老卫一眼，又冲家惠点点头，随后在床脚坐下，和老头聊起来。

门又被推开了，主治医生徐大夫拿着病历本进来，和家惠聊了几句，临走时道："别灰心，多注意观察病人，有什么情况随时找我。对了，现在可以多给他听一点他喜欢的音乐，别太刺激性的，舒缓些的，对病人有好处。"

家惠点点头。这个建议不错，家惠，你可以回去到我书房桌子最下面的抽屉里找找，或者在我电脑上找找，在我电脑 D 盘的"music"目录下有个肖邦的文件夹。哦，我忘了，你不知道我的开机密码，是"qiao"。

阳光晒得屋子里暖洋洋的，不知不觉，老卫又进入一种思维停滞的状态。他能感觉到自己在睡眠中平静、悠长的呼吸，思维短暂而苍白。醒来时，他的脑子一片空白，身体像长时间浸泡在盐水里，皱巴巴地难受。这就是他不得不接受的命运，什么时候才是结束呢？他看着因云朵移动而阴晴不定的光影，"是不是每个人的命运都是这样难以捉摸"。

第一天

"这不是耻辱,慢慢来,老天只是让你歇一歇,会好起来的。"他告诉自己。一个仅靠脑细胞生存的人是没有资格绝望的,但没一会儿,他就又陷入焦躁、恐慌的情绪里——谁能对这种活死人的境况无动于衷呢?电视上在播一个"隔绝生存挑战"节目,他觉得家惠应该给自己报个名,在那个三米见方的玻璃箱子里待两个月,对现在的他来说可不是什么难事,甚至都不用看报纸打发时间,顺便还可以赚点医药费。

从小护士来把输液管插到埋在他左胳膊的静脉注射管之后,就像接力赛一样,一下午都没得消停。他不知道自己身体里怎么容得下这么多的液体。晚上七点的时候,屋子里只有他们俩,老头打开电视看新闻联播,把声音调得很大。

夜晚慢慢降临,再过两三个小时,整个城市都将准备入眠,完整的一天就这么过去了。新闻联播还没结束,他就睡了过去,昏昏沉沉地在一个又一个梦境里进进出出,最后,他终于被一个清晰的噩梦惊醒了。

他好像被换到了一间非常宽敞的病房,就像高级宾馆的套房。那张床似乎还是原来的,他仔细辨认了一下,就是那张床。这么漂亮的房间为什么不配个高级的枣红色实木大床,怎么还用这个可以摇起上半身的丑陋铁架子?

房间被打扫得一尘不染,洁白的床单,新的、乳白色的柜

植物人

子,花瓶里插着一束猩红的百合花,电视也是白色的。只有他一个人躺在那里,身上盖着洁白的床单。整个房间弥漫着一股奇异的香气。他还想,"小乔呢?"

电视里在放着一个很无聊的讲座,他下意识地想去够柜子上的遥控器,惊奇地发现他的手臂可以活动自如。他试着用两只手撑起身子,竟然还能坐起来。心里不禁一阵狂喜,真的康复了!他激动得热泪盈眶。虽然大腿还有点肿胀的感觉,不过可以很轻松地迈步。他兴奋地在屋子里快步走了几个来回,终于不用在床上躺着了,我要去告诉小乔、家惠,我又恢复自由了!他几乎要喊出来。

"衣服呢?我要换上最漂亮的西服,打上小乔送我的那条橘黄色领带,还要穿上她送我的袜子、皮鞋。"那些东西都在那个白色的衣柜里,一开柜门就看见了。他把衣服、领带都扔到床上,站在镜子前开始解身上的病服扣子。镜子里的自己虽然有点消瘦,脸色略显苍白,但已经开始焕发新的容光了。

"什么东西?我操,什么?"脱下上衣后,他发现腰的外侧没有皮肤,也没有肌肉,密密麻麻地排列着蜂巢一样的小孔,就像腐朽的木头,用手一摸,碎屑就纷纷落下来。原来,他闻到的那股怪异的香气就是从这里冒出来的。看样子,稍不注意他就会折成两截。他惊慌失措,一动不敢动,也不敢低头看。过了一会

第一天

儿,他的腰间突然有一种麻痒的感觉,他几乎要哭出声来:"快来个人帮帮我!家惠,你在哪?快过来!"

麻痒的感觉越来越强烈,似乎有什么东西在动。他壮着胆子慢慢低下头,几只白色蛆虫一样的小东西正从他身上的那些小洞中拼命地往外钻,不停地扭动着,那些碎屑簌簌而落,一会儿就在脚下积了一小堆。他惊恐至极,可是双脚像被施了魔法,根本无法移动。一只虫子终于钻了出来,掉到地上,身上还连着一丝黏液,从小洞里直扯下来。它在地上翻滚着,身上沾满了碎屑,一会儿就被裹得严严实实,变成一个硬壳,躺在地上一动不动,像是被憋死了。他僵立在镜子前,不知如何是好。掉的虫子越来越多,它们围着他裹成一颗颗的小球,一会儿就有一大片。他正惊骇莫名,那些小球突然动了起来,一左一右地开始摇晃,外面的硬壳慢慢裂开一道缝,裂口越来越大,一个陌生的小脑袋从里面伸出来,用力向外钻。硬壳终于破碎了,一只长着炫目翅膀的蛾子从里面钻出来,迎着阳光颤抖着张开双翅,抖了抖头上的两根触角,一挫身飞起,在他头顶盘旋着。更多的小虫子拼命地向外挤着,一只、两只、三只……从他身上纷纷掉下来。

他竭力嘶喊着。门终于开了,小乔和老头一前一后走了进来,小乔捂着鼻子皱着眉说道:"什么味儿?"两个人看了他一眼,老头搂着她的肩膀转身出去了。

植物人

他能感受到心脏的剧烈波动，好像经历了一次轮回一样。这是一种征兆吗？窗帘和门帘都拉着，老头在床上侧卧着，黑乎乎的一堆。几点了？

他突然想到自己刚被送进来时的情形，是不是像电视剧里那样，几个人把他抬下救护车，一个小护士手里举着吊瓶，两个男的一前一后推着车子。家惠则一边扶着车子跟着跑，一边带着哭腔冲着前面大喊："大夫，大夫在哪儿？"走廊里的人迅速让开一条路，木然地站在后面，看着他被推进手术室。家惠被一个护士连推带劝地送出来，手术室的门关上了，上面那个圆滚滚的红灯跟着亮起来。家惠颓然地坐在门旁的椅子上，低着头独自啜泣。

车祸上了第二天"晨报"二版的头条，并没有配发他窝在泥水里的惨照，只发了那辆侧停着、保险杠有一小块划痕的漂亮SUV，像展示汽车品质的广告。肇事者是个年轻的乡下穷光蛋，车是他朋友刚买的，他借来去泡妞，结果因为交通肇事被刑拘了。

生命有时真是荒诞。他不知道自己还能不能站起来，能不能恢复？如果终身瘫痪，他就是一个废人、一具静待死亡的躯体，以后只能在床上、轮椅上和餐桌前变换着位置，像一堆永远也不会腐败的鲜肉。这就是他的未来吗？对于死亡，他现在很沮丧、

第一天

很惶恐,他还没准备好,还有很多事没有完成,如果等一切都安排妥当了,自己会随遇而安,他确信这一点。虽然这个世界没有太多值得留恋的事,可也不值得为之过早地献出生命。总之,就目前来讲,他还没有准备好。

　　他望着窗外混沌的夜色想:"他们真的希望我能醒过来吗?"

第二天

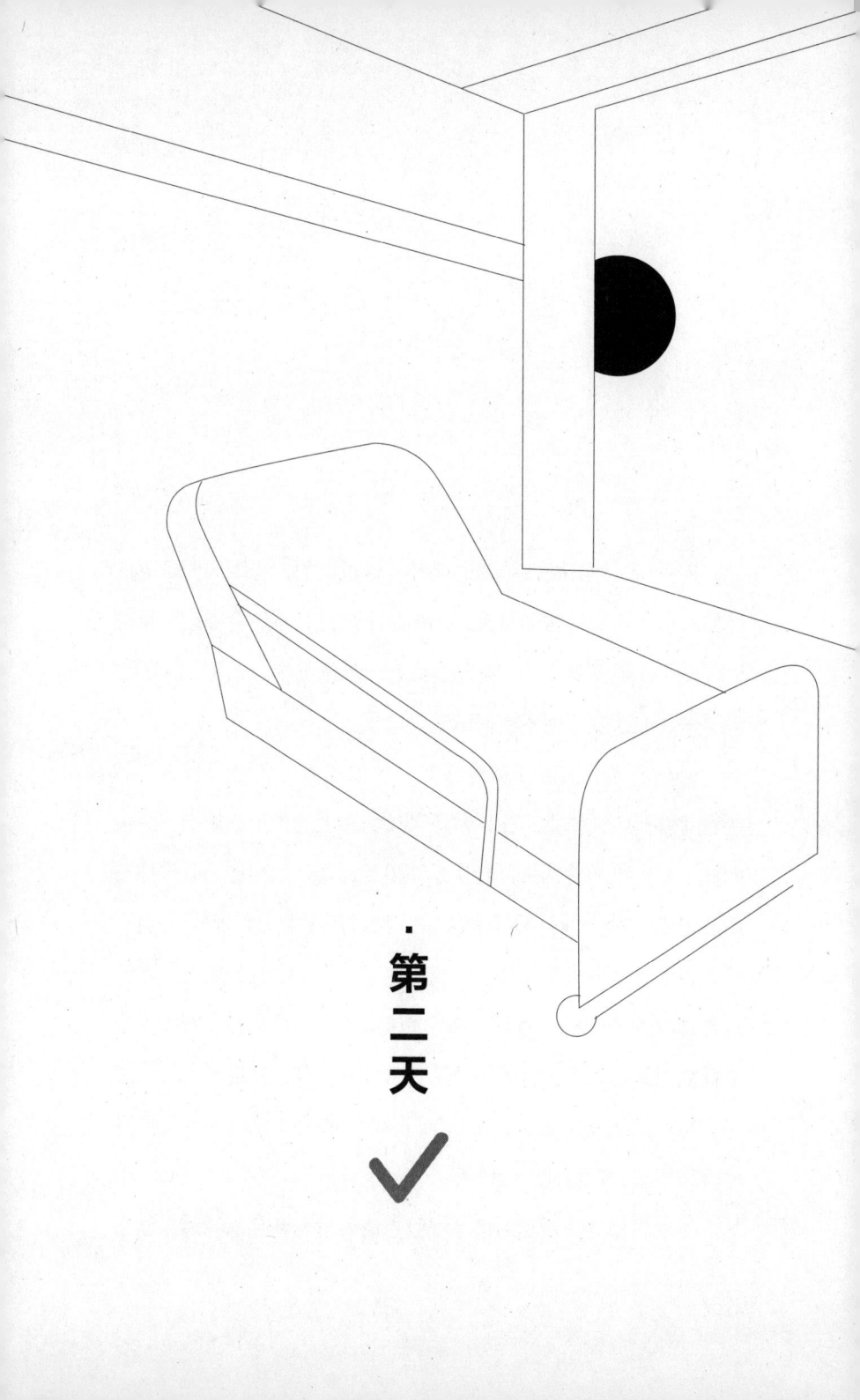

✓

植物人

　　他觉得，现在每次醒来时头都昏昏沉沉的，思维如同延迟的地铁，过了几秒钟才滑进去，大脑是不是已经不适合在这么早的时间醒来？他浑身干涩，脑子里像有一堆漂浮物阻挡着记忆的浮现——还在医院！他不由得暗暗叹口气。

　　温暾的光线看起来就令人憋闷。他的床边还是没有人，老头背对着他坐在床上，在系蓝色条纹病服上的扣子，笨拙、迟缓的样子如同电影慢镜头。老头系完扣子，又开始穿鞋，收拾停当后，走到窗前，向外看了看天气，然后用半截方便筷子把窗户掩上，拿过靠在床头的那个手杖，走了出去。经过长椅时，老头放慢脚步看了一眼一个上半身趴在床边的人。那个佝偻着的人模模糊糊地问了句什么，老头认认真真地应了声，一瘸一拐地出去了。趴着的人立刻翻到床上，"嗯"地使劲伸了个懒腰，又把身体微微蜷起，背对他继续睡着。

　　他也想和老头一起到楼下呼吸点清晨没有苏打水味道、潮湿

第二天

的空气,在僻静的小树林里哼唱"我正在城楼观山景",转悠一会儿,伸伸胳膊、动动腿。哪怕是坐着轮椅也行,哪怕只有半小时,哪怕直接从窗户把他扔下去……他突然想到"堕落"这个词。

病人就应该具有病态的心理,他觉得自己现在就是这样:神经敏感,总是感到烦躁,厌恶在自己眼前移动的人,厌恶外面的喧嚣,也厌恶自己,总是想"要是……该多好","要是死了该多好",然后去找些明显缺乏说服力的理由来激励自己,驱散那些徘徊不去的阴郁心情和自我嘲弄。但持续不了几分钟,他就又堕入如原油般漆黑、黏稠的焦躁中。

"好烦。"小乔有时噘着嘴说,露出可爱的表情,像在自言自语。

"烦什么?"他不解地问。

"不知道,就是烦。"她说。然后他就把她拉到自己腿上,说些挑逗的话,然后他们就开始做爱。完事了,他问:"还烦吗?"

小乔笑着说:"烦死了。"年轻人总是觉得烦恼是他们的专利,上了年纪的人,像他,说出这个词就很滑稽、恶心——岁月真是无情。走廊里的动静渐渐多起来,一会儿就恢复了往日的杂乱。

他几乎每天都会开车经过这里,门诊楼外总是人来人往,一些车就堵在大门口等着里面空出车位。前几年的体检还是在这里，后来改成去专门的体检中心了。本来文联已经在盖新楼，明年初夏竣工，他打算把新办公室好好装修一下，弄成中式风格的，有几位画家和书法家朋友已经答应给他创作几幅东西了。等搬到新址了，他就会绕过这里，谁承想，他倒成了这里的"长租客"。

过了一会儿，一个四十来岁、穿着蓝色大褂、愁眉苦脸的女人推门进来，她放下手里的一盆清水，把电视打开。正是早间新闻时间。她从床头挂钩上取下一条毛巾，沾湿了，开始给他擦脸和脖子，还伸到他嘴里扭了扭，像掏炉膛里的灰。之后，她拿起他的手，边看电视边用毛巾撸，动作跟给死鸡褪掉爪子上的角质皮差不多。她又弯下腰在床下弄了一会儿。整个过程她的动作都很麻利，像怕被人发现似的。他连她胸口的铭牌都没看清，赵什么。她草草弄完了，就一手把脸盆顶在左腰边，一手拎着一个装着一些黄色液体的塑料袋走到门边，侧身用屁股顶开门退了出去。他觉得她可能是个清洁工，同时兼职做护工，好多赚两个钱，给她已经上大学的儿子买那些新潮的电子产品，或者让他有钱泡妞。

他有些厌恶这个沉默、敷衍的老女人，他觉得应该让家惠解雇她。不管怎么样，他嘴里那股黏滑的感觉没有了，只有一嘴肥

第二天

皂味。他原以为，打这些瓶瓶袋袋的液体，身体是不需要排泄的，看来医生一定是给他插了根导尿管。这东西恐怕要在以后的日子里一直跟着他，变成他的一部分了：他是一个有管子的人了。

电视里开始播报整点新闻，画面里通古寺正在举办杜鹃花节，如织的游人中有几个穿着土黄色袈裟的僧人。通古寺！他在心里哼了一声。还是在三年前，通古寺住持炒股的事情被人揭发，把万佛殿的修缮款都赔进去了，而且还在山下和一个丈夫蹲监狱的女人有个两岁的孩子。自此，远近的人就把这座寺庙叫作通奸寺。那个住持他见过，据说还是福建那边一个佛学院毕业的正规出家人，慈眉善目的，看着挺和善。他们是怎么偷情的？在佛殿里？还是他戴了帽子、墨镜偷偷溜到了女人的住处，一边默念"色即是空，空即是色"，一边承鱼水之欢？阿弥陀佛！善哉，善哉！真是人不可貌相，"袈裟再厚，也裹不住一颗不甘寂寞的凡心"。

不知道为什么，今天快到中午时，医生才来查房。"老爷子，准备准备，您这两天就可以出院了。这次比上次效果还好。"医生笑起来很爽朗，老头听到这个消息也眉开眼笑，唠唠叨叨地夸医生医术高明。

"麻烦您看看我什么时候可以出院？"他看着这热闹、喜庆

植物人

的场面，心生嫌恶。这些医生对待病人就像对待毫无辨别力的孩子，谎话连篇。

医生、护士一走，老头立刻就举行了一个庆祝仪式。一个中年女人和一个与老头年纪相仿的老太太走进来，带来了几盒喷香的饭菜，她们把饭盒挨个打开，放在小桌子上。老太太鬼鬼祟祟地和老头说着什么，是在谈论他们的婚期，还是对面床上的病人？他闻着这些熟悉又奇怪的油腻味道——白色肉片、滑嫩的香菇、带着浓浓酱香的肉末茄子，被不断送进老头干瘪的嘴里，刺激得老卫像饿狗样滴答着口水。

老头牙齿有着强健的啮合力，发出很响的咀嚼声，吃黄瓜像在嚼沙子，咔嚓，咔嚓，咔嚓。他腮帮子上的肌肉一定还没有老化，他有一副好牙口。

"慢着点，明天出院了我给你炖只人参土鸡，好好给你补补。"

老太太半带嗔怪的口气和神情，让他觉得应该是老头的老情人，否则老头的女儿为什么叫她"古阿姨"。他想象着两个老人颤颤巍巍约会的滑稽情形，稍微减轻了点厌烦的情绪。

老头的女儿把两个餐盒换了个位置，其中一只灰色餐盒的盖子直立着，正对着他，上面印着几个凸出的字。他仔细辨认了一下这三个倒过来的字——"可降解"，就是说这种餐盒的材质可以在阳光或者土壤中被分解直至消失，从而代替那些飘得到处都

第二天

是、无法腐烂的塑料袋和发泡餐盒。他在心里咂摸着这几个字，自己不正躺在等待降解的传送带上吗？好在现在不用那些蛆虫帮忙了，一把火就能把自己烧成干燥的粉末，即使那些难以腐烂的骨头也会被砸碎，烧成渣滓。

"你可不能死在我前面。"小乔躺在他怀里这么告诉他。他的初恋小贺也说过这样的话。这是她们的真心话吗？

"为什么？"

"我不想一个人孤零零的。"

"我死后你可以殉情啊！"他看着女人认真的样子，心里觉得好笑，她们有时无比现实，有时候又天真得荒谬。

"我可是认真的，这是真心话。"

"你要是先死了，我也会的。"他只好这样来搪塞。

"反正你不能死在我前面。"

"好。"

"你发誓！"

"好，我发誓。"

"你不会死在我前面。"

"我不会死在你前面。"他发了两次誓。她们真是幼稚！女人听了他的誓言是不是就信以为真了？他对死亡一直有种难以言说的恐惧，谁能从容面对呢？要是自己能在她们身后死亡，也不错。如果她们得知自己的死讯会怎么样？他相信她们一开始一定会痛不欲生，整天以泪洗面。会吗？现在作为一个倒伏在床的病体，他不确定。他需要她们这样吗？是不是她们越痛苦他就越感到欣慰？他宁愿她们一辈子都生活在对他的思念之中吗？这种想法是不是太自私了？如果不是这样，那么怎么证明她们确实爱他呢？

尽管一直有些困倦，总是昏昏沉沉地想睡，那几个话痨一样的人却剥夺了他睡觉的权利，像把扩音器直接撑在了他的耳道里，一个字都不遗漏，连那个一说话就打饱嗝的胖女人喉咙里的咕噜声都清晰可闻，搅得他心烦意乱。他就这样忍受了差不多整整一个中午，真希望自己没有醒来。

"家惠去哪里了？"他从来没有像现在这样希望家惠待在自己身边，不要总是出去接电话，无缘无故消失一两个小时。她也厌倦了吧？谁不厌倦这样的生活！

下午三点多，太阳滑了过去，两个女人扶着刚睡醒的老头去散步了。那三瓶液体还并排挂在架子上，这就是他的下午茶。现在，他没了饥肠辘辘的感受，没有进食的欲望，也算是种进化。对面墙隔板上的电视已经关了，深灰色的屏幕里连个晃动的影子都没有。他获奖那次，市电视台晚间新闻频道专门为他做了报道，报纸也整整做了一版。一时间，他像个大明星一样，身边花

第二天

团锦簇,他办公桌后面的墙上还挂着获奖时领导接见他的照片。后来,娱乐频道还专门为他做了期专访,他把录像带转成了光盘送给了亲友们,着实风光了一阵。

他闭目养了会儿神,小护士又进来了,嘴里嚼着什么,把床摇起来。这样,他就看见了对面一幢楼的一角和更远的地方一个楼房的上面几层。"你真好!谢谢!"他用感谢的眼神盯着她。

小护士奇怪地瞄了他一眼,转身跳着出去了。现在,外面一定生机勃勃的,到处都是葱绿的树木和五彩斑斓的花,不像这里,只有单调的灰白色和混合着消毒液的污浊空气。

门吱呀响了一声,他以为是家惠。一个穿着条纹短袖衬衫、戴着黄色遮阳帽的男人,很警惕地走进来,那条浅灰色的过膝裤看起来很不协调。男人左手攥着手机,右手拿着还剩一点水的矿泉水瓶,进来后犹豫了一下,又返身推开门,伸头往外看了看,这才走到病人面前。男人的帽檐下压着墨镜,他能感觉到墨镜后面冷漠的目光。

"你找谁?"他问,记不得在哪里见过了。男人就站在那看着他,不时地回头看着门的方向,似乎有些紧张。

"你是不是走错房间了?"他尽量表现出善意。那个人似乎在做着什么重大决定,先是把剩了两口的矿泉水瓶夹在腋下,又扔在床上,迅速回身走到门边,又推开门,伸头看了看,又迅速返回来,边走边"吱"的一声拉开短裤的拉链,撅着屁股伸手从里面掏出那个东西,又回头看了一眼。

他不知道这个鬼鬼祟祟的人为什么要掏出家伙,难道真有报纸上说的那种性变态,非要到公共场合才能得到满足?该闭上眼睛吗?告诉他,自己已经看见了,你的宝贝保养得不错,可以上杂志封面了?

"大夫、护士都死哪去了?"这时候他不希望家惠进来,她该怎么面对这羞耻的一幕呢?

那个人没有做任何夸张、猥亵的动作。他突然明白了这个人的企图。"快来人,抓住这个疯子。"

他紧张地回头看了看,向前一挺,一段液体终于从那个小口子里出来了,闪着淡黄色的光,一开始只弯曲无力地探到床边,像压力不够一样。液体拥有者迅捷地向前挪了一小步,那些温热的尿液才射到他脖子上、下巴上、鼻子上。他闭上眼,屏住气,只想现在就彻底停止呼吸。那个人一定是预先喝了不少水,尿流变得又细又急,在他皮肤上"哧哧哧"溅得到处都是。

他紧闭着眼睛和嘴巴,不知道这个疯子还会做出什么出格的事。

"来吧!把你的鸡巴缩回去,有本事过来掐死我!"

"操你妈的,你也有今天!"那个人临走时把一口浓痰吐在

第二天

他肩膀上，恶狠狠地说。然后是一阵急促的脚步声，门响了一下，弹回来时又痛苦地吱呀了两声。

这是光天化日之下赤裸裸的羞辱！谁会对一个瘫痪在床的病人做出这种为人不齿的恶行？这是医生和疯子的共谋，为了报复自己的不配合，报复自己赖在这里浪费有限的医疗资源。那些尿骚熏得他想吐，还有一些尿液沾在他的嘴唇上，像几条幼蛇一样顺着他的脖子往他怀里钻。猛烈的报复心压得他喘不过气来——"我一定要杀了这个王八蛋！"他本来想"血债要用血来还"，却一下拐到了"血债要用尿来还"，他觉得自己在淌眼泪，真不争气，这是一个什么样的世界啊！

"你也有今天！"就是这句话，还带着点山西口音。他渐渐冷静下来，努力在残存的记忆中搜索。应该是他。好了，对付一个手无缚鸡之力的弱者，真是条汉子，真有种，你他妈的赢了！

对于人生中的几次"激情"艳遇，在内心里，他并不觉得有多少不安。人生就是如此，总会遇到个把人，两情相悦，一起体验那种曾经被平庸生活埋葬的激情。她在床上时总是很害羞的样子，和平时眼睛里滚动的热情截然不同。他喜欢这样，女人就应该这样，在床上要适当压抑一下，过分投入就离放荡不远了。

"他是做什么的？"做完爱，他拨弄着她左侧的乳头，问。

植物人

"小生意。"

他再问,她就什么都不说了。"别问了,咱们不提他好吗!"

他能理解她内心的自卑和羞愧。作为两个孩子的母亲,她只是想有一种别样的体验,让自己在枯燥乏味的生活之外还有点别的东西,一点类似于希望的存在。那段时间,他也像着了魔一样。怎么回事?因为自己在闹离婚吗?他也说不清楚。

"以后别再找我了。"三个月后的一天,他们做完第二次后,她平复下来,神情黯然地说。

"怎么了?"也许这只是情人惯用的一点花招,他并没在意。

"别问了,就是以后别再联系了。"她用手抿了抿耳边的头发。

看来真要发生点什么了,他想。

"到底怎么了?"

她少见的执拗最终也没拧过他:"他发现了。"

"发现什么了?"

"你的短信。"

"嗯?"他想了想,似乎自己没有说过什么特别过分的话,无非就是"一会儿见"什么的。"他打你了?"

"没有,他不敢。但他疑心特别重,对我看得很严。"

"离了吧。"他道。这么说只是在表达自己的惋惜,希望她别理会错了。

第二天

"怎么离啊，还有孩子。"

"嗯，你自己看吧，别太委屈自己。"

"就这样了，怎么还不是过。"

"嗯，那以后就别联系了，你自己保重，"他替她说出来，"有什么需要可以找我。"

"嗯。"他们带着点儿悲壮又做了一次。

她是个好女人，话不多，对他没什么额外的要求。尽管她不爱她身边那个精子提供者，但为了孩子，还要硬着头皮回到那个没有丝毫吸引力的黑洞里。

她先下的楼。他站在窗户边看着她从宾馆里出来，走下台阶，在街边等车。

"你爱孩子吗？"有次他问。她摇摇头，怔怔地望着窗外。他知道，这是母亲的天性在折磨她。

车来了，她回头望了一眼。过了一个月，他又给她打了个电话，她没听完就急匆匆地挂了。他发完一条短信，犹豫了片刻，还是决定到宾馆那去等她。他忍住没给她打电话，躺在宾馆的床上睡了一觉。然后，他听见门外传来一阵急促的敲门声。

"求你，这真的是最后一次。"她近乎哀求，让他既为她惋惜，又有种羞辱了她男人的满足感。好了好了，就这样吧，到此为止。

那个男人，就是这个向他哧尿的男人，一个十足的窝囊废。她说他总是有各种奇怪的要求，每次只蠕动几下就完了。他告诉她，这是因为他太卑微了，想在她身上展示作为一个男人的支配权。现在想想，那时自己还是太年轻，缺乏经验，太冒险，过于轻易地被欲望支配了。他编造了个理由，让公安局里的朋友明确地警告他："老实点，不然把你送进去。"他一定被吓个半死，而且不敢对她有什么严重的伤害，最多就是变本加厉地提出些病态要求。这种人就是这样，既卑贱龌龊又胆小如鼠。

他应该见过那个男的，应该就是他，在新建的万达广场那里，好像是个晴天，也许是个阴天？他记不清了。他和朋友在星巴克喝完咖啡出来，往地面停车场走着。他突然看见她牵着个五六岁的男孩儿，在前面十来米的地方站着，她旁边的男人正扭头和孩子说话。她显得心不在焉，看起来憔悴了不少，头发胡乱地挽着，裤腿有点肥大，像巷子口的闲妇。他就跟在几个人的后面看着这三个人，渐渐靠近一些。有一会儿，他想突然走过去，站在她面前。

他们在商场正门停了十几分钟，就为了看一个影楼的矮台子上几个穿着婚纱、浓妆艳抹的模特，那男人的眼睛一刻都没离开过这些摆着各种姿势的模特。然后他们继续向前走了一百来米，男人指了指一个卖枣糕的小铺子，上面写着"十元一斤，买一斤

第二天

送半斤",走过去排在七八个人的后面。女人站在旁边看着。

他走到他们后面的那个报刊亭,买了份当时还没有停刊的晨报,隐在侧面,透过亭子和一根电线杆的空隙正好可以看见他们。她看起来神情落寞,看不出来高兴还是不高兴。那个男人,个子不高,偏瘦,尖脸,一副浑浑噩噩的失意小市民的典型模样。一个人买完了,队伍就向前挪一步,男人伸头看了看前面的队伍,想知道是不是快轮到自己了,仿佛这是人生第一等的大事。到现在他也想不起来,那天那个男人穿着什么颜色的衣服,也想不起来男孩的模样,甚至连她的样子也变得很模糊,只记得枣糕的味道很浓,远远就闻得见,甜兮兮的,一定是添加了甜蜜素、芳香剂什么的。

短暂的欢愉之后,她重新坠入平淡无奇的生活。他为她感到悲哀,他们在一起时,她也说不上有多快乐,总是蹙着眉头,心事重重的样子。从那以后,他对她便再没了欲望,只是偶尔想起。不知道她丈夫会想出什么歪主意折磨她,也许,她也会默许他去找别的女人。可怜的女人,就像一朵无法避免干枯、碎裂的花。

这么多年过去,他早把这件事忘得一干二净了,原来这个卑微的人却一直在暗中寻找报复的机会,用这种小孩子撒尿和泥的小伎俩。这个卑微的人是怎么知道他的?难道她用隐晦的语言记在日记里了？这只微不足道、愤怒、病态的地沟耗子！

"希望你离去时是喜悦的，希望你永远别再回来。"他闭上眼睛，突然想起墨西哥大画家卡洛的这句话来。

家惠进来的时候，他脸上的尿液已经被温热的空气和皮肤烘干了。

"什么味儿？"她走过来发现被子湿了一大块，还有那口尚未完全渗进病服的口水。

"怎么回事？"家惠扯过一张纸，疑惑地望着入睡的老卫，想想又放下，转身出去了。不久，一个护士进来了，跟在家惠后面的是护士长。

"你们是怎么照顾病人的？看看他身上都是什么呀？"她有点愤怒了。他理解家惠，这么多天的压抑，现在都要爆发出来。护士长敷衍着责备了当班护士几句。小护士满脸的不屑，像在说"你自己干什么去了"。

她发泄了一通，满脸通红地坐在旁边的床上，冷漠地看着她们给他换床单、被罩、病服，给他擦脸、擦手，就像给一具尸体做最后的处理一样。

家惠傍晚临走时打电话问道："今晚是谁？好，已经在路上了，不急，那我等他一下吧。"

第二天

哦，看来单位每晚都会派个人来照顾他，其实，他们来了也是坐在旁边玩自己的，偶尔看看他是不是咽气了，期待着在通知医生前，先把他的最后消息告知望眼欲穿的领导。他们真应该弄个轮流值日表贴在他床头，让他多少有个心理准备，来点有限的期待。

晚上的天气有些闷热，老头去散步还没有回来，不知道是谁打来电话，家惠答应着到走廊里去了。几只飞虫从半开着的窗户飞进来，绕着日光灯乱飞乱撞，其中一只小飞虫飞到他耳边，嗡嗡地骚扰他，一会儿飞到他脖子上，一会儿在他嘴边转悠着，有时竟然钻进了他的耳道里，搅得他心烦意乱。"我还没腐烂呢！"小飞虫似乎明白了他的处境，绕了一会儿也失去了兴致，又飞到灯罩那里。

他现在羡慕一只蚊子，羡慕一切可以自由移动的东西，他闭上眼睛，想在阵痛来临前进入恍惚的状态中。中年男人跟着老头回来了，他们今天好像走得时间长了些，老头看起来有些疲惫，把假牙拿下来放进玻璃杯后，就仰面躺在床上。中年人又叮嘱了几句出去了。老头很快就阖上眼，他在闭目养神，还是又开始了频繁而短暂的睡眠？

外面的蝉叫得更欢了，聒噪的声音此起彼伏，扰得人心神不宁。

植物人

走廊里突然传来一阵年轻女孩的笑声。真好听，年轻多好！可以肆无忌惮地恋爱，去追求自己的理想。他觉得自己只是降低了理想的层次，还没有在人格上堕落。金钱可以轻易地挑动起人的欲望。"我并没有被强奸，我只是和它同流合污。"这是他看过的一幕话剧里给他留下最深印象的台词。多讽刺！如同爱情，你可以选择纯真，也可以选择金钱。他又陷入难以自已的循环想象中，各种画面突然从记忆的深处涌了出来，一瞬间就淹没了他。

家惠进来了，拿着手机看了一下，显出焦急的神态。老头已经进入睡眠，嗓子里发出一种奇怪的嘶嘶的颤音。不停地思索让他觉得很疲惫，眼皮像两块磁石一样粘在一起。恍惚间，他沉入了梦境。

等他被窗外一阵急促的鞭炮声惊醒时，夜已经很深了，屋子里的灯关了，沙发那边传来轻微的鼾声，应该就是那个守夜人的声音。鞭炮声噼里啪啦地又响了一会儿，重又归于沉寂。这里有给亡人放鞭炮超度的习俗，不知道哪一个又先他而去，自己还在这里静候死神的套索。

第三天

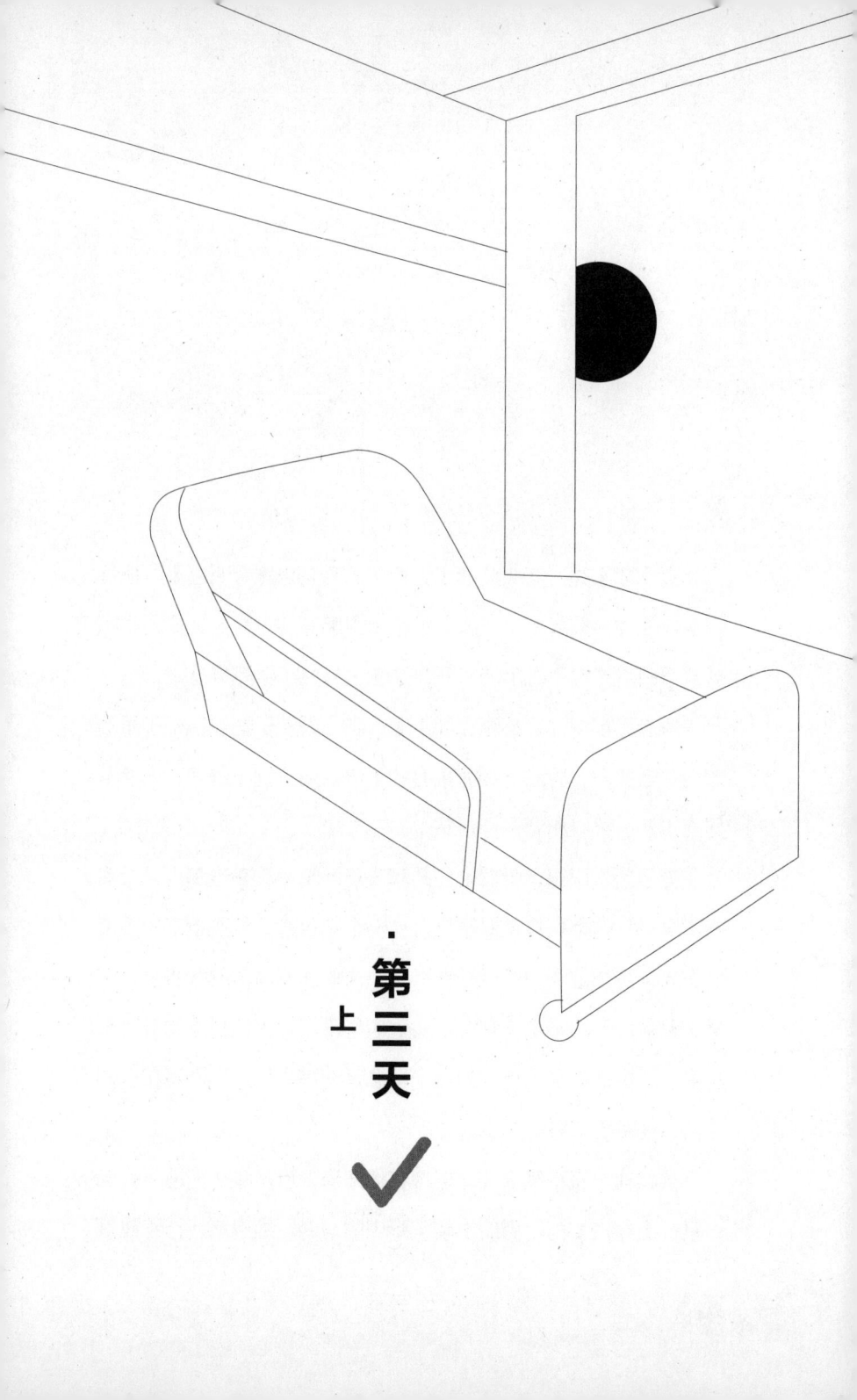

上

植物人

    天刚蒙蒙亮，老头就醒了，枝头的鸟儿也跟着叫起来。他慢吞吞一件件穿戴起来，下床时打了个很响亮的喷嚏。文联的小顾揉着眼睛看了看手机上的时间，又侧过身换个姿势。

    等老卫醒来时，小顾已经走了，老人的儿子在收拾柜子里的东西，老头则一脸兴奋，简直有些手舞足蹈。护士进来，给老卫挂上点滴，笑着和老头打招呼。

    老卫闭着眼睛，听着他们的脚步声渐渐消失在走廊里。希望永不再见！这个病房里似乎只有他一个长租户，他送走了一拨又一拨人，不知道下一个会是谁？一个人躺在空荡荡的病房里，突然有种很寂寞的感觉。其实老头他们也不错，比电视里的节目有趣多了，虽然话多了点，但屋子里总是充满生气，不像现在这样冷清，连护士都懒得过来。

    虽然他一直拒绝低头，但现在他知道自己是多么无助，就像一只被遗弃在暴雨肆虐的黑暗旷野中的幼鸟，绝望地扑打着被淋

第三天·上

湿的、羽毛稀疏的小翅膀，发出微弱的哀号，等待终将降临的死亡。处在焦躁不安中的人很容易就被引到绝望的窄巷中，越走越窄，总是期待转过弯就豁然开朗，最后才发现，不过又是条死胡同。他无法摆脱这样的命运，时刻都被幽灵一样无处不在的焦躁重重侵扰着，平时的豁达乐观现在看来无疑是种伪装。他伪装得实在太好了，就像变色龙的皮肤，随着环境自动变化，以至于自己都被自己欺骗了。他想，他要是个哲学家就好了，可以专注于思考，并以此为乐。

都走吧，去同别人说说和植物人共处的感受。他不愿再想这些，这就是自己避无可避的命运。睡吧，躲进梦里，就不再被困扰了。

外面下起了小雨，一到雨天，他的心情就像窗子上的玻璃，罩着一层雾气。这样的天气最适合昏睡。躺在这个不到两平方米的囚床上，窗外只有巴掌大的景致，像块补丁，几枝柳条在雨中显出浓重的绿色。外面的花是不是都快谢了？把我从窗子推下去吧，这样在摔到结实的水泥地面之前也可以看看外面的景色。

有时候他也会自我激励，他告诉自己，绝望中往往埋藏着希望的种子。千万不要放弃，千万！可惜激励的效果难以持久，过不了几分钟，他就又被坏情绪淹没了。在与命运的竞技中，谁会是最后的胜利者？家惠！别他妈管桌子上没擦干净的那点油垢了，告诉我你的答案。

他怀疑是不是太多的药液侵蚀了他的神经系统，让他的情绪变得很不稳定。就像那些精神病人，即使治疗好了，看起来也都一副呆滞、走神的样子，好像这个正常的世界与他们无关似的。

下午三点一刻，文联办公室副主任仇世鸣捧着一大束百合花推门进来，花束几乎把他那矮小瘦弱的上半身都遮住了。他热情洋溢地说道："家惠老师，我代表文联领导和全体同志来慰问一下您和老卫。这个病房还不错，好像比之前那个还宽敞。"

"凑合着吧。谢谢！"家惠接过花，迟疑了一下，还是决定放在床头的桌子上，示意俯身看着老卫的仇主任坐下。

"另外也有点事和您商量一下。"他们寒暄了几句，仇主任道。

"说吧，只要不是把老卫搬到地下室就行。"

"瞧您说的，就是我们住地下室也不能让老卫住地下室啊！是这样，希望您能理解，别有什么别的想法。文联经过研究决定，想提前把老卫的生平整理一下，由文联最硬的笔杆子执笔。您看？"

"现在？"

"越快越好。当然，还要看看您的意见。我们是希望能提前准备一下。"

"你们觉得老卫躲不过这一劫了吗？"

第三天·上

"不是，不是，您千万别误会。我们只是希望能全面、准确地整理好老卫的生平资料，这里还涉及一些项目的申报、评比和宣传什么的。我们想着老卫贡献很大，想尽力把事情做得圆满些，免得留下什么遗漏，否则，对您、对老卫、对文联都是不负责任的。"

"老卫的生平文联不是有吗？"

"老卫是咱们市文化建设的一张名片。现在文联只有他一些简历资料，更重要的是对老卫的组织评价、操守评价、作品评价。这么说吧，这涉及老卫的历史定位。"

"还能有什么不一样的资料？著名作家、诗人、文联副主席，不就是这些吗？"

"您看这样好不好，我们还是一项一项来整理，免得遗漏和不准确。"

"好吧。"

"首先是职务，中国作家协会会员、省文联常务理事、市文联副主席，这个应该没有疑问。关于社会称呼，您看是不是就说是著名小说家、散文家就行了。"

"老卫不是还发表了一些诗歌吗？也出过诗集啊！"

"但是没有其他的作品影响大，大家对老卫的印象就是小说家和散文家。"

植物人

老卫从一开始就愤懑不已,但他对这种赤裸裸的冒犯无能为力,心里满是悲凉。家惠为什么不拒绝?当着一个还没凉透的人讨论讣告的内容,他们真以为他不会康复,可能已经把他的办公室都清理干净了,新的人选也安排好了,就等着一接到医院的"喜讯"就从抽屉里拿出鞭炮了。他知道那幢大楼里的人对他的所谓"诗歌是内心隐秘的故意张扬"的论点嗤之以鼻,认为他写的"我累了,需要躺下来歇歇""只有张大眼睛,才能清醒地思考"这类简短、隽永的诗歌只是断句,不是诗。还曾有人背地里说简直就是"小学生作文"。现在的人对于哲思缺乏敬畏,只会"啊!啊!啊!"地空洞抒情。

"好吧。"家惠想了想,算是认同了这种说法,"对了,老卫还是市理工大学客座教授,还带硕士呢?"

"哦,对。这个可以加上,市理工大学客座教授,硕士生导师。什么专业?"

"嗯,好像是文艺理论吧,你可以向理工大学核实一下。"

"好,好。还有一点,就是需要列出他的作品,这是列表,您看看有什么遗漏没有。"

家惠接过打印出来的老卫的作品列表,从头看了下来,好像也没什么需要补充的了,就道:"这个你们只要核对无误,没有遗漏就行了。"

第三天·上

"关于老卫的历史定位,您看看我们草拟的这个文件,不是定稿,只是征求您的意见。"仇主任把手里一直捏着的几页纸递给家惠。果然是有备而来,都准备好了,就等他签字画押了。上面都写了些什么?文字里有没有暗藏什么对他不利的隐喻?老卫干着急却无能为力,索性闭上眼,喘着粗气。

两个人专注地看着文件,家惠指着上面的内容问:"享受市级待遇这条不写上吗?"

"嗯,按惯例一般不写,因为我们不是机关单位。"

"前面的没问题,但是后面对老卫的评价只有这么简单几句我觉得不够。他为全市文化建设操了那么多心,写了那么多优秀作品,只笼统地说他为全市文学事业的繁荣发展做出很大贡献太不近人情了。"

"嗯,有意见您可以提,我解答不了的,一定转给领导。"

"还有就不要提车祸的事了,即使提也要说因公,或者说因病好。"

"好好好,模糊一些好。"

"另外还要提提老卫一直倡导的培养中学生小作家的事,他一直很关注这事,亲自到全市的中学做过报告,反响很好,还上了省报。"

"嗯,好的,好的。"

植物人

家惠从头看了一遍，觉得也没什么要说的了，便把草稿递给仇主任。"其他的你们看着办吧，别比同级的人评价低就行，但是也别坏了规矩。"

"我说嘛，还是您明白事理。老卫有您这样的贤内助真是幸运啊！"

仇主任满意地看了看陷入昏睡状态的老卫，又闲说了几句，走了。他睁开眼睛，家惠也出去了，屋子里又剩下他一个人。刚才的一切就好像是一次例行公事、一场演出，大家很快就散场了。谁愿意在医院多待呢，这里又不是娱乐城。他看见小仇带着毫不隐藏的欣喜离开了，仿佛只是做了个简单的死亡登记。他们并不真正关心自己。要么醒过来走出去，要么咽下这口气，这么半死不活的，他们一定很失望。

他扭头看着已经打了多半的药水还在一滴一滴地落下来，那一小截水面跟着一动一动的，不知不觉流入他的身体里，和他体内的病毒拼杀着——杀死它们，或者被它们杀死。他希望有人陪陪自己，又不希望看到他们活蹦乱跳的样子，现在一看见健康的人，他心里就莫名地嫉恨。

在有限的意识恢复的时间里，无论是白天昏睡之前，还是夜晚醒来后，他都没怎么想起那个把他送到这里的肇事者，仿佛他根本就没存在过，是他自己走路不小心绊倒了。他并没有在警

第三天·上

察来医院调查时醒来,也看不到案件记录本上以他为主角的记录信息。这时候他才突然想起他来:他是谁?多大年纪?长得什么样?他是当时就被抓住了还是趁着路上没人,猛踩油门逃逸了?谁是目击者?他记得当时路边有几个人在车站等车。他应该足额赔偿医药费,还有以后的康复费用,然后被判刑。可是交通肇事最多也就判个三年五载的,这点代价怎么和自己受到的巨大创伤来比。

他曾在两年前目睹过一次交通事故,那是凌晨四点,他从小乔那里回来,车开到西郊的横三街,向西行驶到路口,一辆由北向南的车没有减速,正好撞到了一个早起到西郊菜市场进货回来的三轮车,车上的白菜、土豆、红辣椒散了一地,骑车的人窝在路边大声地呻吟着。

他看清了那辆跑掉的车,一辆黑色的新款福特,尾号是68。他放慢了车速,特意经过那辆前轮变形的三轮车跟前。他鸣了一声笛,那个人看样子想坐起来。后面远远地有辆车驶过来,他犹豫了一下,踩下油门离开了现场。

第二天,他在报纸上看到相关的新闻报道,骑车人脱离了危险,警方在寻找目击证人。他掏出手机想给"110"打个电话,根据他的目击线索,警察很容易就能查到那辆肇事车;或者去找个公共电话,这样就不会留下自己的联系方式了。那个小路口

植物人

没有信号灯,好像也没有监控,算了,他不想找麻烦。万一自己被当成肇事者怎么办?这种事报纸上见得多了。多一事不如少一事,后面的那辆车,也许有其他人看到,那人如果给交警队打电话,既能帮警察的忙,又可以拿点小奖励,何乐而不为呢。

从小母亲就让他每天都吃钙片,一大瓶,每天两片,他一直吃到十来岁。每次打开瓶子时,里面那股刺鼻的腥味都让他作呕。也许真是从小那些难吃的钙片救了他的命,造就了他坚强的骨骼,让他被抛起来落向地面时只是左胳膊骨折,大腿髌骨出现裂纹,没有完全摔断脊柱,还保留着站立的希望。那个该死的司机怎么开的车,要么开慢点,要么就再快点,一下子将自己结果了,免得要受这么多罪。这还可能只是开始,更大、更多的痛苦还在等着他,会陪伴他一生。或者他哪天受不了了,趁自己一个人在家时自我了断,就此彻底获得解脱。

虽然他现在不能拿笔,也不能敲击键盘,但作家的习惯总是让他有写点什么的冲动。对,应该把这次住院作为生命的一个新起点写入自己的回忆录。写本回忆录一直是这几年他想做的一件大事。正所谓雁过留声,人过留名。一开始,他的想法是原原本本、忠实地记录自己一生中值得落墨的那些事,他不想留给世界一个虚假的自我,他的回忆录要比巴金的《随想录》更诚实,绝不在忏悔中藏匿真实的自己。可是诚实的自我很快就被真实的自

第三天·上

我否定了。他的担心不无道理，即使经过润色和抑制，恐怕也会不可避免地颠覆人们心中这个城市里最有名声的文化人物的完美形象。或者写一本半自传性的小说，写得半真半假，似是而非，让人们带着尊敬和无法打消的疑虑去猜测他的人生，好事者会找出隐匿的蛛丝马迹，和研究者一一对证。

他甚至做了最坏的打算，如果真的瘫痪了，对于写作来讲也只是增添了无限的荣光。他可以定制一个像霍金那样的身体辅助装置，现在技术发展这么快，估计两三年之内就会发明出能和人的意识链接的智能产品了，他只需要戴上个电子头盔，或者在太阳穴上贴上感应磁片，他的所思所想就会通过和身体装置连在一起的电子屏幕显现出来。或者他就以招聘写作秘书的名义，让小乔顺理成章地出现在自己的生活中。虽然她的文学素养不高，可她最了解自己。他连书名都想好了——《逆光者》，这一定会是本杰作。

"历史有时只是现实的自觉辩护。"他想，"人的回忆都是有选择性的。过去的就过去了，没有人能再一次粉墨登场。"他现在只剩下回忆。小仇做得没错，也许真到了好好总结的时候了。他没什么真正的朋友，有些话想说也找不到可以推心置腹的人。一开始他觉得这有些可悲，时间一长，就无所谓了。谁也不会是真正的朋友，有些事烂在肚子里或者冲进下水道才最安全，何必

植物人

为了一时痛快因小失大呢！如果那些不太好的事被翻出来，落井下石的人会蜂拥而至。

"朋友"，他看着旁边空床上的垫子想，老马也许是他唯一的朋友，唯一可以发牢骚的人。如果不是孤零零地躺在医院，他不会觉得自己对不起老马。那次老马被调查时，他真不应该为了撇清自己向调查组说那些不利于老马的推测，结果老马险些因为收受贿赂被抓进去。事后当老马对他恨恨地抱怨那些出卖他的人时，他竟然没有感到有多愧疚。"对不住了，老马！好在没出什么事，不然你也不会提前退休到国外去了，这也是因祸得福。"老马应该在自己昏迷的时候来过，也许又去美国看孙子去了。

"找个机会移过来，过点安逸的生活吧，别总离危险太近了！"半年前老马还在越洋电话里规劝老友，让他想想现在得之不易的地位和名望，美国佬才不会在乎你是什么文联领导、著名作家。再说了，过去做什么呢？逛超市、哄孩子的事可不是他想要的。

小贺十五年前就和她那个曾经做过烟草生意的塌鼻子先生去了澳大利亚，他大热天也会打个领带！

"你不考虑出国吗？"去澳大利亚一个月后她曾打来电话，他听得出她声音里由衷的喜悦。

第三天·上

"你要是一个人,我就可以考虑。"

"没个正经的。"

"我们需要正经吗!"他笑着打趣她。在他们互称"亲爱的"的日子里,曾经有过一起出国的憧憬。

"我还是不了解你。"她提出分手时这么说。

"你要了解什么呢?"幼稚!他有些懊恼,这种说法就是女人最擅长的托词,什么"我还不了解你""我不确定你是不是真的爱我""我不知道你到底是什么样的人"……一堆似是而非的辩解。从她一提出这个理由他就决定不再勉强了。"你知道我爱你。"

"可是……"

"我爱你。"他继续重申道。他下定决心要让她回心转意,然后再由自己提出分手。

"我真的不知道,我也无法说服自己。"她居然毫不动摇,看来已经深思熟虑过,没什么好说的了。他甚至连再争取的兴致都没有了,只觉得沮丧透顶。

"你了解他吗?"她第一次回国时,他们在宾馆的咖啡厅里聊了一下午,他故意问。

"嗯……还行吧。"

"那就是不太了解了。"

"我也不知道,了解不了解又有什么特别的意义呢!"她若有所思，淡淡地说道。

她现在怎么样了？已经知道自己的惨况了吗？谁会无缘无故花一两万块从大洋彼岸飞回来——直飞也要十来个小时——然后再转乘几小时火车，去看一个意识模糊、垂死挣扎的老友呢？真是不值得，不如躺在桉树下看考拉打瞌睡有意思。

从本质上说，他是一个半悲观主义者，缺乏那种高涨的乐观主义精神，他觉得这世界对自己有所亏欠，不是这样吗？虽然他总是用富有鼓动性的语言激励那些心怀梦想的年轻人。平时，他忙于各种应酬，偶尔也搞一点创作。现在，他躺在这里，终于有了大把的时间，可以不受打扰地回顾自己的"一生"。怎么说呢？在外人看来，也许自己是个名人、成功人士，但是亲戚、朋友呢？他们也会这么认为吗？

记得在他刚升任主任时，一次和大学同学聚会，曾和他同寝室的老二就在酒桌上对八九个同学说："老卫能这么快混到这个位置，我是一点也不意外。这家伙也不能说有多坏，就是太精明，太适合这个时代了。"

这算是一种变相的夸赞吗？如果让他现在来总结的话，自己这三十多年还算精彩，只是在完整的意义上略有欠缺。他想着那些过去的失落、得意，人生不就是如此吗！起起落落，浮浮沉沉，只有那些真正明白人生真义的人才能够操控自己的命运。在

第三天·上

自己谈不上漫长的生命旅途中,如果再给他二十年时间,无疑就圆满了。

"人生只是汇集了各种误入歧途的可能",这是他要在《逆光者》扉页上写下的富有哲思的话。他一直不认为自己是个政客,严格来说,他只是误入歧途。他是个好作家,那几篇在全国获奖的作品坚实地奠定了他的江湖地位,让他在以后的日子里游刃有余,谁也不敢轻易质疑他的能力和为人。有人怀疑他曾和比他大二十岁的前文联主席有不清不楚的关系,这是酸腐文人间的妄想、嫉妒。她确实很欣赏自己,为自己创造了不少机会,但这说明不了什么,自己也栽培、提拔过新人。

要说遗憾,怎么说呢?他暗自叹了口气,这年头,谁都有遗憾。自己吗?他曾经有过几次隐秘的行动,比如暗地里举报了上司。这个社会看似简单,但也复杂,想来想去也没有其他更有效的办法。虽然手段并不光彩,但是结果却很好,况且自己上台了会做得更好,完全可以弥补心理上的自责。他上任后确实推行了一些和前任领导不同的政策,但是最后大家发现,其实都差不多。不是自己的想法不好,是他们在执行中给扭曲了。不管怎么说,起码自己不比前任领导差。那些在他面前表现得谦逊、恭维的人都有求于他,从来都不会认真为他考虑。后来,他也把他们当作一种朋友了,无论是工作还是生活上,都需要维持一种生态平衡，大家心知肚明就行了。有时候他觉得自己有些分裂，但这种分裂的状态后来被他完美地融合在一起，可以毫不费力地即时切换，做领导的就应该有这种能力。

　　窗外突然掠过一个黑影，像一只鸟。他想起小时候家里曾经养过一只被锁在船头的鱼鹰，闲着的时候它就闭眼蹲在横杆上打盹，一副昏昏欲睡、与世无争的样子。开工时它就被抛进水里，它以为自己得到了自由，快活地捉着水里那些惊慌失措的猎物，吞下去，还没有咂摸出滋味就被生生地从水里扯上船。父亲毫无同情心地抓住它细长的脖子，手法利落地一挤，不会给它留下一条小鱼。然后再将它抛进水里，再扯起，挤出，再抛进……

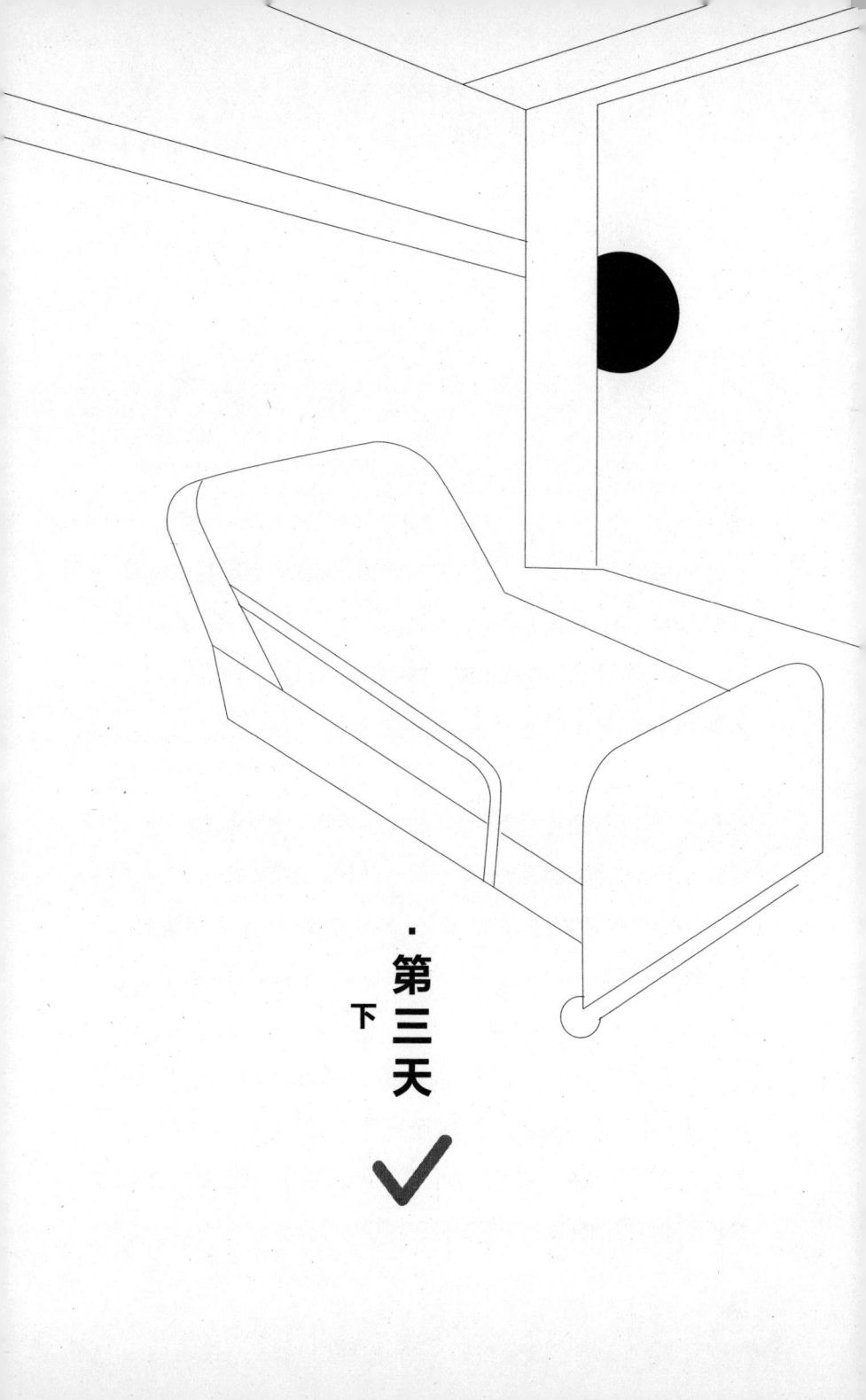

第三天
下

植物人

"今晚谁来守夜？"又到傍晚时分了，他百无聊赖地想着。谁都无所谓，只要能扮演一个守夜人就行了：没有严格的时间限制，可以在整幢楼里自由走动，可以随意进到哪个病房里，和患失眠症的病人聊个通宵。

他也给原来办公室主任的父亲守过夜，守夜的一共四个人，他和一个同事，还有两个不认识的。那两个人一进来就掏出一副扑克，于是四个人就围坐在桌子前闷声不响地玩升级。老头蒙着个灰单子躺在靠里边窗户的床上。他特意挑了个斜对老头的位置，每次出完牌总要瞄老头一眼，担心他会不会突然顶着单子坐起来。

守夜就是这样。前半夜可以边看电视边聊天，玩一会儿，后半夜就在空床或者长椅上对付几个小时。第二天早晨醒来时，不管病人是不是在夜里死了，每个人都会走到病人面前站一会儿，悄悄地观察他的鼻翼和胸口是否还有呼吸的震动。

第三天·下

自从第一次苏醒后,一种深重的羞愧和绝望便死死扭住他,他急切地想告诉家惠,自己恢复了意识。第二次苏醒后,看着裹在混凝土中的残躯,他觉得现在一切都是徒劳的、毫无助益的,还是让自己躲在这个硬壳中,避开那些刻意的同情和实际的羞辱吧!

"求求你们,别让我再待在医院里了,让我回到家里去吧!"他希望自己被抬回书房里,虽然书房只有一个窗户,但是不管怎么说,心情会比待在这里好些。他现在已经不像刚开始苏醒时那样感到难为情了,大夫、护士一进来他就闭上眼睛。他和他们一样,也把自己当成了一个植物人。"有什么区别呢?"自己苦于无法表达,也不想表达,如果就这么死了也好,也不用留什么遗言。还有什么想不开的呢?这样挺好的。

他知道自己需要安慰、需要同情,但如果是廉价的、不真诚的安慰和同情,宁可不要。不是吗?一个人躲在自己的世界里,看着这些健康人在他面前表演,展示他们健康的肢体,也不失为对这个世界的一种额外的幽默。病人往往会陷入明知的偏执中,也许是药物的副作用,也许是下意识强化的自尊在进行自我保护,都差不多。

外面刮起风,树枝有节奏地在窗边时隐时现,像个调皮的偷窥者。坦率地说,这两天他想过遗嘱的问题,其实在健康的时候他就想过,当时还觉得早了点,不过有备无患。谁知道世事无常,现在反而束手无策。谁才会是那个无限忠实于自己的执行人?想来想去也无法确定,这关系到他身后的声誉、财产,似乎充满了未知的风险。

"我能信任你吗?"他问。

"嗯?你什么意思嘛?"小乔微微蹙起眉头,带着明显的蔑视,好像是在说:"你在怀疑我吗!你这个老头凭什么怀疑我!"

到了这个年纪,即将步入老年行列的他,在被时代淘汰的边缘奋力挣扎,最忍受不了的就是年轻人的蔑视,不用表明,一个不屑的眼神就够了。

他哄了她几乎一个晚上才让她破涕为笑。"你要是不信任我,就告诉我,我不会缠着你的。"她幽幽地说。这话让他听着就心疼。

"好姑娘,我不会委屈你的。"他原打算给她留下一些财产,大概足够她生活和抚养孩子的,现在,成了棘手的事,怎么办似乎都不稳妥。这事早就应该确定下来,人无远虑,必有近忧。她和家惠会像一对姐妹那样相处吗?家惠那么喜欢孩子,说不定会因为孩子而接受小乔。那样该多好。

他一醒过来最先想到的就是小乔,她在干什么?是不是很痛苦?他想象小乔坐在阳台那个新买的藤椅上,阳光落在她光滑的

第三天·下

小腿上,她摸着渐渐隆起的肚子,望着医院的方向默默流泪。

现在,以他的年龄来看,他越来越觉得爱情只是一种惩戒式的自我安慰。蚂蚁需要爱情吗?猩猩需要爱情吗?只有人类才需要这种虚幻的东西,只有在情人间才可能有爱情的火星闪耀。但情人是危险的,她会要求很多,甚至比妻子的要求还要多,而且以爱情的名义,不容讨价还价。所以对情人的选择一定要慎之又慎,宁缺毋滥,这是一个必须恪守的原则,否则不如去找小姐,既刺激又安全,只要不到那些小旅店去就好了。

他望着窗外,不知道是不是正对着小乔的方向。小时候,他有很多幻想,他曾想变成一只会飞的猫,可以上天入地,在夜里也能看见东西。现在,就算上帝给他一双翅膀,恐怕也带不动他僵死的身体了。

有时候,他很想偷偷看看小乔一个人的生活是什么样的。她会感到孤独吗?会觉得生活中有什么缺憾吗?还是会感到满足,满足于眼下拥有的自在、富足的生活,彼此慰藉的爱情,抑或憧憬一个美好的未来?自己能给予她的东西,都将被她放在她的百宝箱里。如果自己早年遇到这样一个人,说不定也会倍感满足。

已经过了晚餐时间,再过一会儿就该进入夜生活的时段:KTV里的嘶吼、酒吧里的暧昧、情人们的喘息……那种突然而至的疲惫感又慢慢浮上来,他合上眼,一会儿就迷迷糊糊地睡去。等他醒来时，还是黎明前的黑暗，他突然感到很空虚。外面传来一阵警报声，近了，又渐渐远去。

最初的恐慌都关于自己是不是还能站起来。当他意识到这可能不是短时间内可以做到的事情之后，他突然想到自己的身体——那一部分的身体。

"我还会有性能力吗？它会不会和肌肉一起萎缩？"当想到这个一直被自己忽视的问题时，他吓了一跳。他对自己并没有信心，现在他几乎感受不到胸口以下部位的存在，看来，这又是一个灾难。对于这个年纪的人，欲望应该和能力一道减退，这才符合自然规律，尤其是像他现在这种处境，还想起这个问题是不道德的。

上午，他清晰地看到那根从被单里伸出来、耷拉在床边的白色软管，里面总是残留着一小截黄色的尿液，另一端连着一个塑料袋，下面中间的部位有一段小指粗的塑料管，这就是他变异的阴茎。他在家惠用打完点滴的空瓶子接出里面存留的尿液时看到过，怪不得护士从来不带走那些空瓶子。每个白天都要倒掉两三次，每次小半瓶。那根管子对于他的尿道来说可真够粗的，如果它有知觉，一定会很疼。若是能康复，一定要把这个导尿管带回去，封在一个红色的镜框里，挂在书房的墙上，作为永久的纪念。

第三天·下

他胡乱地想着，门吱呀响了一声。是谁呢？他慢慢将眼睛张开一条缝，一个穿着白色小连衣裙的女孩站在门前，头上扎着一个大大的黑色蝴蝶结，双手拿着一个红色的小盒子，正望着他。

"你是谁啊？"他和蔼地问道。

"我是我啊！"她调皮地回答道，走了过来，站在离窗边半米远的地方。

"那'我'又是谁啊？"

"我就是我啊！你不认识我了吗？"她露出可爱的、略显困惑的表情。

"我想想啊！我们好像在哪里见过，对不对？哪里呢？"她简直太可爱了，笑起来有两个迷人的小酒窝。

"那你好好想想吧，想不起来了我再告诉你。"

看着倒是挺眼熟的，怎么想不起来是谁家的孩子呢？他在脑海里快速地搜寻着，比对了几个，好像都不是，"哎呀，我猜不出来了，你告诉我呗！"

"你真猜不出来吗？"

"真的。"

"那我就告诉你好了，我是你女儿啊！"

"啊？我女儿？"他臃肿的五官张大到夸张的程度，一瞬间就明白了是这个小鬼头在捉弄自己。"你骗我，我不信。"

"我没骗你啊!"

"我不信。"

"我真是你女儿,骗你是小狗!"

"好吧。那你妈妈是谁啊?"

"我妈妈是赵楚啊!"

他的脑袋嗡地响了一声,是她!他伸手拉住她的小手,仔细看着小姑娘稚嫩的脸,果然是她的孩子,细长的眼睛和微微翘起的鼻子像极了,难怪自己一开始就觉得那么眼熟。

"可你爸爸并不是我啊!"

"当然是你了!这我还能骗你吗!"

"嗯?我和你妈妈只在一起几个月,以后再也没见过她啊!"几个月呢,五个月?七个月?

"那你再想想,保证错不了。"

赵楚!他们是在一次文联组织的采风活动中认识的,她是接待组的一员,略微有点羞涩,做事蛮认真的,从一开始就给他留下了极佳的印象。两个月后,他突然接到她的电话,带着些许狐疑和莫名的兴奋,他在咖啡厅里看着款款走来的赵楚,心里突然充满欲望。

"我不知道该不该给您添这个麻烦?有一个到驻市接待办工作的机会,我也拿不定主意该怎么办。这周就要确定下来,所以

第三天·下

才来找您给我出出主意。"闲说了一会儿,她红着脸告诉他。

"机会难得啊!"他立刻说。好机会!好!好!好!他给她分析其中的种种利弊,眼见她渐渐下定决心,自己也替她高兴。

"别犹豫了,来吧!"他送她到咖啡厅侧面的路边,该分别了,他握着她的手一直没有松开,她微微往回拉了一下,任由他握着,做出既感动又认真倾听的样子,盛夏的热风从四面八方将他们团团裹住。

国庆节假期只剩最后三天,他筹划着怎么和赵楚度过一个难忘的节日。她会拒绝吗?虽然他们已经算是开始了那种确定关系前的暧昧,他还是没有十足的把握。

"你有空吗?"她适时地打来电话。

"有空。怎么了?"

"我心情很差,想和你聊聊。"

"好啊!"他想,要不要现在就直接试探她一下?他没给自己犹豫的空当,脱口而出:"要不我们去郊区玩两天吧?"这么明显的暗示会不会让她觉得自己只是贪图她的肉体?听着自己心脏剧烈的鼓动声,他有些后悔过于急切了。

"好啊!"

好嘞!这么顺利吗?他有点不敢相信,像一条好不容易找到交配对象的老狗,总是停不下来,一停下来就浑身发抖,他比第一次发表作品时还兴奋，甚至忍不住泄了一次。万一她后悔了呢？或者她认为这只是一次单纯的郊游？或者……不管它了！

晚上，他终于筹划稳妥——就到去年底闭门写作的那个乡间度假村。那里很偏僻，人应该不多，最令他念念不忘的是，那里的食品据说都是农庄自己种的，绿色有机。虽然他对这种宣传半信半疑，但是吃起来确实有些小时候的浓郁味道，尤其是早餐的黑豆浆，有股浓浓的豆香，那里的服务员也都挺不错。他给那里打了电话，豪华大床房，448元，比之前贵了差不多一倍。

"能打折吗？"

"可以打八折。"

"要一间豪华大床房。"

"请问客人姓名？"

"赵小姐。"

"请留全名。"

"赵楚，清楚的楚。"

他开着那辆银色的捷达在和平路口的麦当劳旁接上她，一颗心才扑通一声落下。扭动钥匙时，他的手有点抖，险些憋火，他赶紧踩油门，车子突地窜了一下。他觉得自己的脸有些发烧，确实有点手忙脚乱，那股带着罪恶的期待又从心里泛起，还带着一点莫名的感动。

第三天·下

"怎么样？"他问。他从后视镜里看着楚楚，那副太阳镜对她的脸来说有点太大了，几乎遮住了半个脸，齐额的刘海显得既乖巧又性感。幸运之神真的就这样悄然降临了？

"等一会儿再和你说吧。"她没再说话，一直玩着手机，不时传来像门吱吱呀呀开关的声音。他把车开得很快，他要在这胀得满满的欲望没有泄漏之前跑完这三十公里，奔向那张期待人的光临和激情的大床！快到的时候，碰到一小段路正在整修，他不禁有些懊恼，好吧，就先让翻滚的欲望再忍耐片刻。等了十来分钟，他这一侧才可以继续通行，他觉得自己衰老的心脏一直在不停地颤抖着，呼吸怎么也平复不下来，脑子里乱糟糟的。还是什么也别说了，保持住应有的风度，别抖机灵，惹起人家的反感就得不偿失了。楚楚的眼睛躲在太阳镜后面，她是不是也一样紧张不安又充满期待？

到了，停车场停着七八辆车，看来人还不算多。他递给楚楚一千块钱，让她去前台办入住，"用你的证件，有预定，一个商务房，就说一个人吧。"

"好。"她没有问为什么不是两个房间，接过钱，向门口走去，一侧的挎包随着她的步伐微微晃动着，挎包上有漂亮的蓝色蜡染，上面是一个线条式样的女性头像，眼睛像一个展翅的蝴蝶。等楚楚进了旋转门，他又在后视镜里看了看自己，他戴着棒球帽和一副深色的太阳镜,如果不是熟人,基本不会认出他。过了两分钟,他嚼了块口香糖,走进大堂,在对着前台的那几个大沙发间坐下来,若无其事地看着背对着自己在柜台那里办手续的楚楚。

办完入住手续,她直接朝电梯走去。他不紧不慢地站起身,在转角处的楼梯追上她。"305。"她向他晃了一下房卡,说。一个房间!他终于踏实下来,成了!

房间是用三国人物命名的,他们的门上写着"诸葛亮",她指给他看。"真逗!"她又向前看了几个门牌才回来说,"没看到貂蝉的。"

"这一层都是蜀国的吧。"他看了看旁边的"关羽"和"马超"说。

他趁楚楚放东西时,把"请勿打扰"的牌子挂好,把房门从里面锁上,挂上锁链。他站在门口看着她,心脏还是跳得厉害。楚楚摘下眼镜,今天她特别打扮了一下,涂了眼影、睫毛膏。他伸出双臂。楚楚略微有点腼腆地笑了笑,走过来和他简单拥抱了一下,回身把剩下的钱递给他,他略作迟疑地接过来。

还能想起那曾经令人足足兴奋了一周的假期吗?曾经经常出现在睡前的眼睑里的甜蜜细节,后来也随着她最终的离开渐渐被尘封在记忆里了。

第三天·下

很快就到了圣诞节，晚上，他们在宾馆里亲昵了一会儿，当他想进入她的身体时，她用双手使劲推着他白皙的胸膛，说："我想先和你说点事。"

"什么事啊？"他只好躺下来，压抑着欲望，看着她认真的样子，漫不经心地问。

她坐起来，望着他，没有说话。

"到底怎么了？"一丝不祥的预感从他心底升起来。

"我……"她说了一个字，又停下来，眼睛一直直视着他。

"说吧，无论什么事都没关系。"他淡淡地说，难道她要离开自己吗？也行，他暗暗做好准备，先享受完今晚的激情，好聚好散，互不为难。

"我怀孕了。"

"谁的？"他险些脱口而出。"真的假的？"他故作轻松的问话。她严肃的样子看起来并不像是在恶作剧，他脑子飞速旋转着，全身的细胞都抖擞起来，他想象着各种可能的情形，只一瞬间就坚定了想法——打下来！

"你想起来了吗？"小女孩露出期待的神色，问。

"嗯？"他缓缓摇了摇头，一个恐怖的念头突然钻入脑海，"你是那个？"

"是啊！就是我啊！你看，这是我那时被擦坏留下的疤。"她把右肘弯着，伸到他眼前让他看——一条约5厘米长、清晰得像个倒着的问号的微红伤疤。

"真是你！"

"嗯。那你想起来了吧。"她表情黯然地说。

"想起来了。"

"我就说你不会忘了我嘛！"

"怎么会呢！"

"可是妈妈不信。"

他苦笑了一下，这倒是不怪她。"疼吗？"他用拇指轻轻划过她那伤疤略显凸起的皮肤表面，问。

"早就不疼了。"

他突然想起点什么事来，露出困惑的表情。

"你不高兴见到我吗？"她问。

"高兴，当然高兴。"

"我看你好像没那么高兴。"她嘟着小嘴说。

"我高兴，只是，没想到……有点意外。"

"没想到什么？没想到还能见到我？"

"确实没想到。"

"你早就把我给忘了吧！"她有点不依不饶，依稀露出和她

第三天·下

妈妈一样的倔强表情。

"没有，没有。"

"我看就是。"

"真没有。我怎么会忘呢。"

"好吧。"她那有些意兴阑珊的样子让他觉得更加可爱。

"你拿的是什么？"

"你给我买的玩具啊！你忘了吗？"她把那个彩色布偶半举着，翻转着让他看。

"是这个啊！"他恍然大悟似的说，脑子里却没有任何印象。

"看，你还给她画眉毛了呢！"她把它伸到他眼前。凑近了看，那两条眉毛是用紫色的墨水笔画上去的，眉边有一些洇进纤维，如细小铁屑一般的痕迹。

"背面写的什么？"他用眼睛示意道。

她反过来，是"天使的礼物"几个字，应该就是用他那只黑色的老英雄钢笔写的，那是他独特的无骨字体，每一处锐角或者钝角都是顺滑的弧形。

"你只送过我这一件礼物。"她幽幽地说。

"你喜欢什么我都送你好不好。"

"那还差不多，等我想起来了告诉你。"她一下变得活泼起来。

"好，没问题。"

"我们说好了!"

"说好了,一定。"

"来,拉钩。"

"好。"他伸出右手的食指钩住她细小的中指,来回拉了两下。

"我真是太开心了。"她说着举起玩具在原地转了个圈,然后不知从哪里掏出一个看起来是核桃木的小铃铛递到他手里。"这是我送你的礼物。"

"谢谢!"他拿起这个小巧的礼物一直看,"我一定好好珍惜它。"

"像珍惜我和妈妈一样吗?"

他笑了笑,你这个小东西可真是太调皮了!

"你爱我妈妈吗?"她突然问道。

"你妈妈?"他故意面露疑惑、瞪大了眼睛问,心里想着怎么回答这个刁钻的问题。

"对啊!她很爱你啊!"

"我也爱她,不过那是很久以前的事了。"

"爱就是爱呀,和时间有什么关系呢!"

"你说得对。"

"我虽然小,可也不是什么都不懂。"

"你懂得真不少!"他夸道。

第三天·下

"那你爱我吗?"

"你?当然爱了!这还用说吗!"

"有多爱呢?"

"嗯?当然是全世界最多的爱了。"

"嗯……"她拉长了声音。

"怎么了?你不相信我吗?"

"也不是不相信。"

"那是什么呢?"

"我也不知道。那你会经常想我吗?"

"嗯,当然了。"他用毫不犹豫、斩钉截铁的语气遮掩内心的羞愧。

"那你怎么不来看我呢?"

"你怎么这么多问题啊!"他苦笑着反问道,避开这个话题吧!

"我就是想搞清楚。"

"想搞清楚什么呢?"

"你真的爱我吗?"她又问。

"真的啊!谁不爱自己的孩子呢!"

"那你当初为什么不要我啊!"她语气冷漠地问道。

"我……我也不知道。"

"你知道。"

"其实很多事都不是那么简单的对或错。"自己那时是不是过于自私了？一个尚在孕育、没有发育完全的胎儿，对他来说意味着无尽的麻烦。自私点吧，省得日后后悔莫及。这对谁都不是好事，毕竟他们都没有做好在一起的准备，对吧！

从他的角度揣摩，向往自由的她也一定对这个意外的麻烦不知所措，那就好好劝劝她，把抚养孩子的恐怖前景呈现给这个母爱尚未完全觉醒的妈妈。

"妈妈也这么说过。"

"嗯。是吧。"

"不过我觉得……"

"什么？"

"她只是因为没有选择才这么说的。"

嗯？也许吧，谁都会面临这样的时刻，选择的难题有时候并不是简单地只关于选择本身。"你是不是一直没有原谅我？"他试探着问。

"我呀！其实早就在心里原谅你了。"

"你真好！"他突然有点感动。

"以前我总是想不明白，还有点恨你，难道我就那么不好吗？不然为什么你死活不想要我呢？"

第三天·下

"其实……"

"是因为你那时候还年轻,想不明白吗?"

"嗯。"他点了下头,对她的理解表示感谢。

"还是就是因为你太自私了,不想承担责任?"

"我也不知道。"

"你当然知道了,谁会不知道自己是怎么想的呢?只是不愿意承认罢了。"

他诧异地望着她带着隐约失望神色的小脸儿,满腹狐疑,又无法找到合适的理由反驳。

"妈妈那么伤心地哭着和你说了那么久,你都不同意留下来,还找了那么多理由骗她,我都听见了。"

"对不起,我真的不知道当时怎么想的,真的。"

"我觉得你知道自己是怎么想的啊!"

"你怎么知道?"

"因为你一直劝了她三个月啊!从来都是坚定地不要我啊!"

"唉!我不知道该怎么说了。"

"有时候我都有点相信你说的话了。可是不管你一开始说什么,最后总会拐弯抹角地绕到不要我,我就很失望。"

"要是换成我,我也会失望的。"

"对啊!如果你们相爱,然后又有了宝宝,那应该是多开心的事啊!"

"是。"

"可是你不开心啊!"

"我……那时候……很多事……高兴不起来。"

"妈妈很开心啊!一开始就很开心啊!她以为你也会和她一样开心,你们有了我,可以结婚了,咱们三个人组成一个幸福的家庭。"

"原来是那么打算的。"

"是因为有了我才改变的吗?"

"那倒不是。"

"那是因为什么呢?"

"很多事,我也说不好。"

"可她就是还心存幻想,有的时候我气得踢了妈妈两脚,可是她就是不知道,直到最后你说什么也不松口她才明白。"

"明白什么?"

"明白你并不真的爱她啊!你跟她说了那么多动听的话,描绘了那么美好的未来,其实只是为了让她不要我。"

"唉!"他长叹了口气。

"你都不知道,她在医院里做完手术躲在卫生间里哭了很久,伤心死了,不过,她太容易相信人了,还以为你也和她一

第三天·下

样伤心呢！"

"我确实和她一样难过。"他不禁长吁了口气。自己爱过她吗？那段短暂的时光想来也是挺幸运的，也挺兴奋，可是幸福吗？他一直紧张地坐在等候区的塑料椅子上，周围的人看起来都忧心忡忡，对面手术室的门开开合合，一个又一个新鲜的生命无声地消失在沉默的、充满来苏水味道的空气里。她从卫生间出来，面容憔悴，浓重的哀伤挂在有些苍白的脸上，他一颗悬着的、略带愧疚的心终于放下来。两个人突然都变得很沉默，在出租车上，她斜靠在他肩头，一直望着窗外。

"也就她那么傻，那么好骗！我这么说你是不是很不高兴？"

"没有。"

"那我说得对吗？"

"嗯？对。"

"其实你们不要我了之后，你就没打算和妈妈在一起，我都知道。"

"不是你想的那样。我当时确实是想和她一起生活的，真的。"

"那你为什么在她不要我之后三个月，就和她分手了？"

"唉！一言难尽啊！"

"你还是在骗我。"

"我说的是真话，虽然我们最后没有在一起。"

"你知道她有多伤心吗？"

"嗯。"他应该知道，分手后两个月她就回到原来的单位了，之后他们再也没见过。前几年，有一次他去那个度假村开会，突然回忆起往事来，想给她打个电话，犹豫了半天，觉得还是算了，过去的就让它彻底过去吧，别再徒惹麻烦了。

"你现在害怕吗？"她迈着缓慢的步子，围着床转了半圈，回到他面前，突然问道。

"嗯，多少有点。"

"不用害怕，反正都这样了，还能再坏到哪里呢！"她的口吻突然变得像大人一样成熟。

"呵呵！"他苦笑着，突然有了另一个念头，但只是暗自琢磨了一下，没有说出口。

"你妈妈知道我现在这样了吗？"

"应该不知道吧，她现在挺忙的。"

在忙什么？他想了想，没有问。

"你是不是挺奇怪的？"

"奇怪什么？"

"奇怪我怎么知道的？"

"对啊！你都怎么知道的！你是天使吗？"

"我不是天使。"

第三天·下

"哦！那你是什么呢？"

"我是死亡。"她说完之后，身体像面团一样开始变软，慢慢堆委下来，面目逐渐模糊，融化成一摊暗红色的血水，渐渐膨胀起来，充溢了整个地面，波纹不停地涌动着，一会儿工夫就涨到床边，浸湿了床垫、病服、他后脑的头发……

第四天

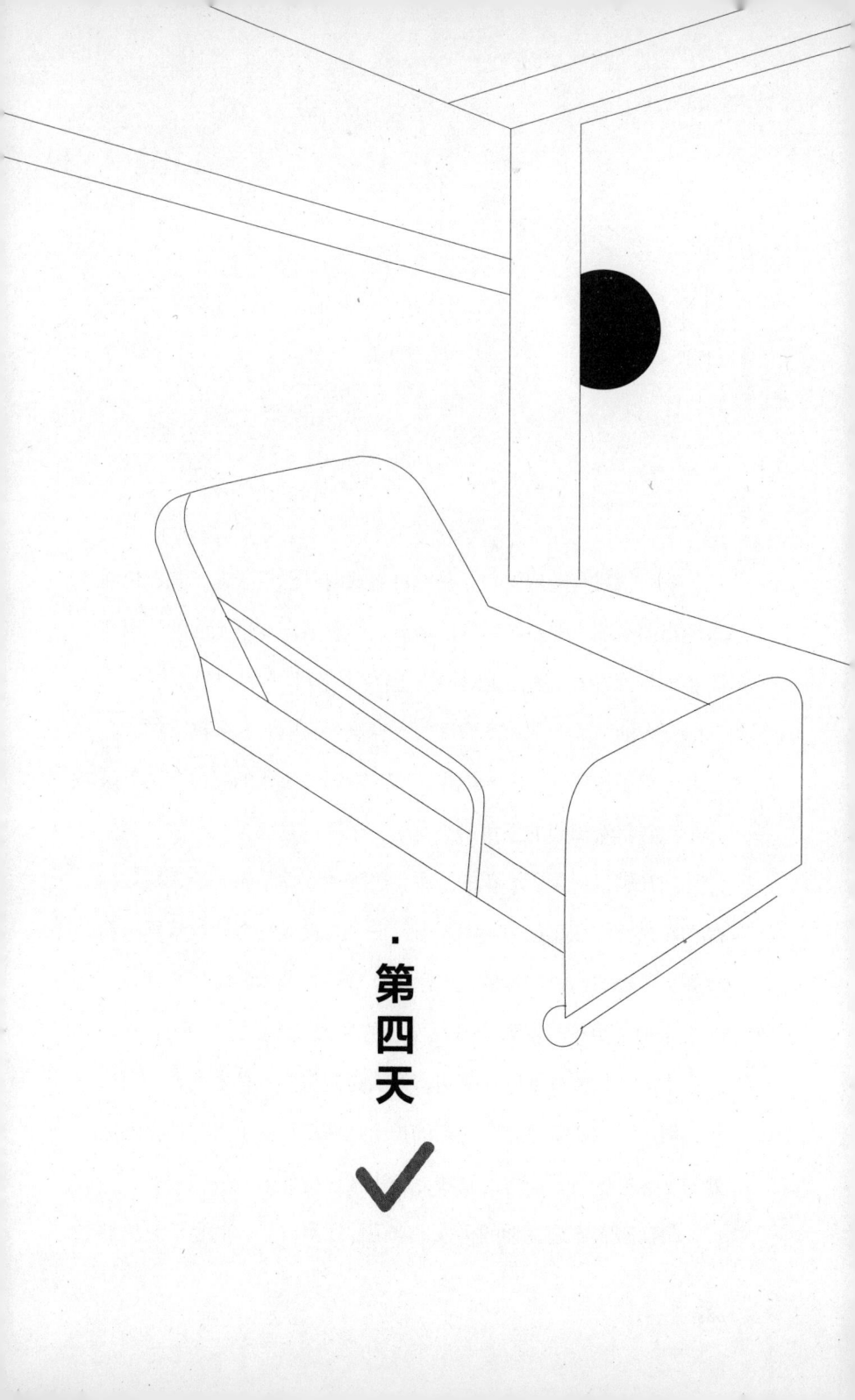

✓

植物人

病房里只有一扇窗户，是那种老式对开的格子窗，乳白色油漆现出很多细小的裂纹，有的地方已经剥落。窗子上面的一扇活动小窗一直开着，晚上也不关。躺在床上可以看见杨树的枝叶，深绿肥大的叶片一刮风就像下雨一样哗哗直响。这棵树看样子有三四十年了，树干足有一抱粗，密布着很多黑色的裂口。树下是一个用砖斜着圈起的三角形小花坛，里面的蔷薇含苞待放。路旁的几株开满了淡紫色小花的丁香，已经落了差不多一半，两只蝴蝶和几只蜜蜂在花丛中翩翩起舞。一个小女孩兴奋地拉着妈妈看蝴蝶，年轻的妈妈失神地望着远处，被女儿拽得跟跄了一下。一个中年护士用轮椅推着个有点发胖的老太太缓缓经过她们身边，一只小博美颠颠地跟在旁边，仰头讨好似的盯着老太太。两个年纪很轻、看起来还在实习期的护士从病房里溜出来，站在不远处的一株柳树下，一边比画着，一边在说着什么……

每次望着窗边斜伸的树枝，老卫除了数叶子，就是任想象顺

第四天

着粗大的树干溜下去。每次叶子的数目都不一样,但树下的情形却差不多,不知是不是自己的想象力也随之退化了?

病房永远都是这个样子,亘古不变,几乎没有能勾起人兴趣的东西,永远都是死气沉沉的灰白色的墙、土黄的地面、深绿色的床,然后就是色彩单调的铁架子、急救设备、氧气瓶,以及偶尔还能闻出味道来的来苏水。为什么不把病房弄得多一些色彩?怕过于舒适,病人舍不得离开吗?

他觉得自己似乎突然有了点饥饿感,这是神经功能恢复的预兆,还是胃部萎缩的错觉?也许,他们应该给自己准备点食物——粥或者汤什么的,滋润一下自己干瘪的肠胃,让它们的蠕动能力重新恢复起来,就像电视广告里说的那样,"给肠胃持久的动力"。

今天是星期六,他醒来后的第四天。四天了,应该不会错,第一天来的是韩馨,第二天是,第二天?不对,第二天才是韩馨,第一天好像没谁来,连晚上看护的人自己都没见到。昨天是小顾。他努力回想了一遍,不免有些沮丧。这两天前来探视的人很少,谁还会往一个已经退出历史舞台的植物人身上再下注呢!这年头,观望不失为一种明智、合理的考量,他理解。但也许他们是在他昏睡的时候来的也说不定。

上午,家惠又像往常一样和小护士把他的上半身垫起来一些，好让下面通通风，免得生褥疮。过一会儿，又把他的身体放下并向右侧翻转一点，将一个备用枕头塞进去；再过一会儿，又把他翻向左边。整个过程就像在阴雨天里晒一条永远干不透的咸鱼。

都弄完了，家惠刚坐下，把换下的睡衣叠起来放进一个纸口袋里，准备晚上拎回去洗，一个头发花白的农村老头推门进来了。

"是卫作家吗？"他一手推着门，弓着腰，身体有点前倾，胆怯地问。

"你是？"家惠放下手里的睡衣，疑惑地看着这个陌生的老人。

"你是卫作家的媳妇吧？我是文强他爷爷。"见家惠有些迟疑，只是"哦"了一声，就又补充了一句，"王文强。"

"哦！你，什么事？"家惠的语气显然有点不知所措。王文强是谁？"你怎么找到这里的？有什么事？"

"我是专门从奎屯起早坐车来的，替孙子来看看卫作家。作孽啊！这事怎么就让我们摊上了呢？"他不顾家惠厌恶的表情，走进来站在床脚，一双粗糙的大手不停地互相搓来搓去。

"你什么意思啊？你们摊上？难道我们就活该挨撞是吗？你不撞还有别人撞是吧？你看看我们家老卫都成什么样了？你来就

第四天

是为了告诉我们这些话吗……"家惠被老头的话气得连珠炮似的严厉斥责了一大通,每个字都带着不可遏制的愤怒。她一定是压抑太久了。他望着这个老农民,他穿着洗得掉色的褂子,暗黑的嘴唇抖动着,他孙子是不是也像他一样,瓜子脸、两条短眉毛、一副短命相?

"不是这个意思。你看我这张老嘴,话都说不明白。我真希望被撞的不是卫作家,是我这个糟老头子,反正我也活不了几天了。"

"你别死啊活啊的。到底干什么来了?就为气我们来了吗?"家惠说起话来已经毫不留情了。

"我代表我们全家来看看卫作家。想和你商量商量,看怎么办。"

"怎么办?还能怎么办?杀人偿命,欠债还钱!"

"你听我说,我们家是北边奎屯的,不知道你去过没?就是奎屯水库下边那个村。文强这个败家子,自从去年做生意就欠了一屁股债。"

"那是你们自己的事,我不想听你们家的苦难史。"家惠打断了老头的话。

老头愣在那里,可怜巴巴地望着家惠,用粗糙的手掌擦着眼睛。家惠厌恶地白了他一眼,背过身把睡衣从纸袋里拿出来打开,又重新叠起来。老头想了想,继续道:"现在种地成本高,也不挣钱。去年家里凑了几万块钱,还有三万是在马庄郭二那借的高利贷,本来准备给他买个车跑出租,谁知道会出这种事。他是替朋友开车,也不是故意的。他老婆闹着要离婚,他妈吓得住了院。他孩子下个月才两岁。这是这两年我们老两口攒的五千块钱,我们也没什么钱。"

"就让他到监狱里去开出租吧。"他猜家惠会这么想。

"我不想听你们家的那些事,和我们有什么关系。杀人偿命,欠债还钱,有什么事到法院说去,该赔的一分少不了,多了的我们一分也不要。"

"求求你们看在孩子的分上可怜可怜我们。你们要说点好话我孙子就能少判两年。这要是判个十年八年的我们一家子可怎么活啊!"老头老泪纵横,突然对着家惠跪下来。

"你这是干什么?快起来,让人看见还以为我们在逼你。这是医院,快起来,赶紧出去,别影响我们老卫休息,要是他真有个三长两短,你孙子也活不了!"

老头低下头,吓得肩膀颤动了两下,迟疑着慢慢站起来,用手掌边沿抹着有点发红的眼睛,又哀求起来。

家惠更加不耐烦,冷冰冰道:"再不走,我叫医生了!"老头无奈地又自说自话了几句,还看了老卫几眼,想把钱放下,被

第四天

家惠严厉拒绝了两次,这才不安地哆哆嗦嗦地走了。

"农村人最不老实,都是在演戏!哭哭啼啼就把责任免了?不知道谁出的馊主意!"家惠一边整理着,一边恨恨地自言自语。

老卫一直看着这个老农,他让他想起自己的父亲,他突然觉得这个老头也挺可怜的。他对家惠的想法一向都不置可否,但这一次,他决定站在她这一边。同情和道德在伤痛和绝望面前分文不值。谁都会乞求怜悯,但是我就不可怜吗?一想到自己可能下半生都要瘫痪在床,他就无法遏制内心翻腾的愤怒和报复的渴望。我同情他,谁同情我?!这都是他们博取同情的小把戏、苦肉计,怎么就没人想象我承受着多大的痛苦。换成他们自己受苦,也会这样宽容别人吗?

从早晨开始,天气就微微有些阴郁。如果不是躺在这里,这样的天气最适合去郊外垂钓。就在出事前几天,他新买了一个巴尔杉木的浮漂,但现在,他只能躺在病床上,想念阁楼上达亿瓦三层钓包里的一切。他不喜欢用水滴轮、纺车轮,他只喜欢更纯粹的手竿,饵料只用自己挖的活蚯蚓,有时候也做点面食。现在正是适合钓鲫鱼的时候。

他做得一手好吃的糖醋鲫鱼,鲫鱼白菜鸡蛋饼、鲫鱼豆腐汤也很拿手。说实话,他的兴趣在文人里可以说是少之又少。他不喜欢运动,不喜欢玩牌,更不喜欢打麻将。读书,严格来说也谈

植物人

不上多喜欢,只是相对不那么厌烦。他不喜欢那些大部头的书,只喜欢一些轻松的小长篇,比如《廊桥遗梦》《爱情故事》《蒂凡尼的早餐》什么的,《浮生六记》也不错。对于写作,也说不上有多热衷,只是能写而已,算是有天赋吧,荒废了有点可惜,何况还能安身立命。比起写作、读书这类事,他还是喜欢钓鱼。先在十来米深的水面撒上一点诱饵,然后把小半截蚯蚓穿在钩上,几乎包裹住整个钩身,捋一下鱼线,举起钓竿从身后经过右上方的头顶,唰的一声,鱼钩在暗绿色的水面激起一小朵水花,慢慢沉下去,扯动斜着的浮漂竖起来,半条蚯蚓在水里扭动着。

他通常会用三把杆,都弄完了,就坐在草色帆布折叠钓椅上,望着那三个几乎并排的浮漂——一只上部是红色的,一只是橘色的,另外一只是白色的。水面几乎没有起伏,三只浮漂静静地立在上面。左边红色那个最先动了动,然后又静止下来。

水下的那条鱼和自己的欲望斗争着,围着那截蚯蚓在打圈。来吧,这可是难得的美味,尝尝。用不了一会儿,浮漂就开始连续抖动起来。好了,美味和鱼钩已经粘为一体了,这样是扯不下来的。你一定是早饭就没吃,现在饥肠辘辘,胆子大点,多鲜美啊!一口吞下去,你尝到美味,我会钓到你。连着浮漂的渔线突然猛地向下一沉,又浮上来一点。鲫鱼一般都比较狡猾,有时候会脱钩。差不多了,他等着鱼漂再次沉下去,然后拿起杆,向后

第四天

轻轻拉一下,沉甸甸的,有了。

奇怪的是,他想带着小乔一起去做所有他喜欢的事:给她买她喜欢看的《三联生活周刊》杂志;将电脑连在电视上,和她一起窝在家里看《欲望都市》《老友记》等;和她一起去青海旅行……但他却从未想过要带她一起去钓鱼。世界各地的钓鱼好手里,似乎也很少有女人。难道她们缺乏钓鱼的耐心吗?还是说她们的意志力要差一些?现在想来,未能和小乔一起体验一次这种野趣实在是个遗憾。他可以带一把大的遮阳伞、一把海滨专用躺椅、一张轻薄的泡沫铺垫,找个无人的湾子安置好,先教她怎么把钓饵放到钩上,怎么撒饵料、甩杆,然后和她一起躺在阳伞下的躺椅上腻歪,做点逾越的事。蓝天白云,和风碧水,沉浸在两个人的世界中,人生至乐亦不过如此吧!

奎屯,他去过,从高速公路下来后有一段六七里的土路,黄尘滚滚的。奎屯西边一公里的路段被暴雨冲出了一个深坑,过不了车,他们要步行将近两公里,才能到那个不小的水库,据说有十多里长。他钓到的最大的鱼是一条七斤四两的草鱼,就在那,他印象深刻。那天早晨天还阴着,到了中午太阳就出来了,这样的天气理应没什么好收获,但是老天的奥妙总是不可捉摸,就像发生在自己身上的车祸一样。当时带的鱼竿还是细了点,在他遛鱼的半个多小时里几次险些折断。那条鱼的力气大得异乎寻常,

植物人

　　他用两只手抠住鱼鳃，它似乎知道这是最后的生存机会，拼命扭动着，他的两只胳膊随着鱼的扭动而绞到一起，他只好松开手。幸好他反应快，一脚把它踩住了。它还在挣扎，浅灰色带着黑条的鱼鳞在阳光下闪闪发亮，身子圆滚滚的，异常结实。

　　当初开车路过奎屯时，他碰到过那个游手好闲的小混混吗？

　　这似乎不是个生病的好季节，病房里另一张床已经空了两天了。他知道那些普通病房一定拥挤不堪，有时连走廊都加了床。没有钱、没有地位的人挺不容易的。医院原来的高院长他很熟，前些年，他负责医院的新门诊楼建设项目时没把握好自己，还被曝出有两个情妇，就身败名裂了，名字被钉在他们市那一长串的耻辱名单上。那时，他只要打个电话就行了。现在的院长姓什么了？好像是姓赵，见过，不过不熟，一副小城市人自大又自卑的样子。现在自己这样了，估计人家也不会乐于和自己交往了。好在自己的级别还够，他们还不能怎么样。人啊！都一样，从来没有分别。

　　尽管他不想把时间浪费在睡眠中，但是醒着也无事可做，盯着各种生物迅速自如地到处移动也让他心烦意乱。他闭上眼，在回忆中游荡，不知不觉又陷入那种混沌状态。

　　晚上他醒来时，房间里一股酒气，一个瘦高的人正背对着他

第四天

在床上弄着什么，脑袋后勒进秃顶下方的皮筋连着眼镜腿儿。不用看也知道，是他的死对头老朴。老朴回过身，那副夸张的棕色领袖型大框眼镜，像小丑身上肥大的裤子一样滑到鼻尖。他的小儿麻痹并不严重，左腿稍微有点不利索，老卫在心里一直都叫他"朴瘸子"。

"什么味儿？"小护士一进门就抽着鼻子，"哎！你这个人怎么喝酒啊？这怎么照顾病人啊？"

"没事没事，我胃不好，胃寒，就二两，放心放心，保证照顾好，保证照顾好。"老朴笑嘻嘻，觍着脸说道。

"胃不好还喝，也不找个正常点的。"小护士戴上口罩看了看病人，小声嘟囔着，迅速离开了。

"小妮子，管得真多！"老朴搬过小柜子，从半长的短袖大T恤兜里又掏出一个二两装的二锅头，另一个裤兜里掏出一小袋油炸花生米，又把椅子搬到老卫床中间的位置，脱下一只鞋，袜子也没穿，光着脚蹬着床沿，他呼出的那股腐烂气味就像在呕吐物里打过滚一样。

"多好的夜晚啊！有这个冤家陪着。"他一直从心底里鄙视这个吊儿郎当、不修边幅、尖酸刻薄的人。这种人怎么能在文联这种文化单位呢！他发现即使自己上台后也只能容忍他，实在看不惯就敲打敲打，权力总是太有限了，对这种人永远都不够用。

"这么多年,让你请我喝顿酒都舍不得。这顿算你请的吧。"他用牙把铝瓶盖连接处咬了咬,扭开后把它弹到门旁的垃圾筐边,用鼻子闻了闻,仰头喝了一口,又捏了几颗花生咯嘣咯嘣地嚼着,然后歪着头看着老卫道:

"你不用想为什么安排我来,是我主动申请的。本来今晚是小沈来,正好他老婆到了预产期,朴某就自告奋勇、毛遂自荐来了,怎么说也是这么多年的交情了。"

"屁,我和你有什么交情。"他在心里暗骂了一声,把精神放松下来,试着看看能不能赶紧昏睡过去。

老朴把嘴里嚼烂的一颗变质花生吐出来,又伸着舌头噗噗吐了两口碎末,擦了擦嘴巴,又抿了一小口,继续说道:"虽然你听不见我说的,就当解闷了,我先给你说说单位的事吧。"这他倒是想听听。

老朴丢了两颗花生在嘴里,继续道:"真是世事难料,你要是能听到一定会觉得挺悲哀的。你住院昏迷一周还在重症监护室里,你最得意的走狗周运来就大义灭亲,在干部会上提出来你分管的工作不能因为你个人原因停转,个人事小,组织事大,说得冠冕堂皇,那副义正词严的模样,然后就被一致推举代行你的职务。哼哼!你的状况大家心知肚明,就算抢救过来恐怕也不能上班了,病退什么的是避免不了的了,不过那落井下石的人竟然是

第四天

周运来，想不到吧！虽然其他人也都差不多的心思，可还都有点恻隐之心。不过现在他们就等着医生做出最后诊断就可以上报了。你是不是觉得挺寒心？"

"哼！"他鄙视老朴这种人的挑拨离间，以他对运来的了解，这种可能性，他在心里左右衡量了一下，也正常。

"人心不古，单位里狼心狗肺之辈如过江之鲫，哎！你总是喜欢那些溜须拍马的东西，这也是报应不爽。"老朴镶了牙之后吃起东西来很是利落，"说什么你也听不见，不过没关系，上坟烧纸，心到佛知。听说还有人举报你任人唯亲，对下属过分苛刻啦什么的。现在是墙倒众人推，破鼓任人捶。在名利面前有几个人能分清是非！你不是总在会上说要顺应形势吗，这帮投机分子可是活学活用。说实在的，我知道你心里瞧不上我，我也瞧不上你。咱们虽然没有什么利害冲突，但不是一类人，也尿不到一个壶里。你说对吧？在你眼里我就是个二流子，有辱斯文。每次你看我的眼神骗不了我，不管你多会隐藏，骨子里的鄙视总会不自觉地流露出来。以前你是头儿，我没法和你争。现在你这种情况，我也不能和你争，真他娘的倒霉。"

"有什么好倒霉的？烂泥扶不上墙。"那股酒肉在胃里发酵后泛上来的酸腐味儿令他的胃紧紧收缩在一起，他尽量屏住呼吸，哀求这个醉鬼赶紧坐到一边去，或者干脆偷个懒回家睡觉，别在这儿和自己胡扯了。

"真是世事难料。上个月你还风风光光,成了影响城市50人候选,据说排名还挺靠前。现在却半人半鬼这副模样。啧啧啧。哎!真是造化弄人啊!"他长叹了一声,滋地又喝了一大口,继续道,"你能从一个小厂的文化干事爬到今天的高位,说实在的,我还是挺佩服你的。若论文字能力,你属于标准的二流,那些空洞的文章不说也罢。只能说你生逢其时,脑袋瓜聪明,有手腕,知道什么该做,什么不该做,自从你年轻那会儿死皮赖脸地追求市委宣传部部长的二女儿我就看透你了,幸亏人家没瞧上你。不是我自夸,我文字能力远在你之上,一部《花鬼》强过你所有。"

老朴停下来。他闭着眼也知道这酒鬼一定是歪着头,醉眼乜斜地指着自己。文字好能怎么样?还不是整天醉生梦死,废物一个,废物!

"是啊,文字好能怎么样?还不是借酒浇愁。这就是洁身自好的代价。我知道你并不认同,觉得这是狗屁借口。想当年你也是个好哥们儿,也是个有抱负的人。说句心里话,就是现在我也对你刚当办公室主任那会儿敢和那个王八蛋曲书记对着干,给老唐争取到早就应得的待遇真心佩服,不然第二年民主推举主任时我也不可能拉老戴他们几个哥们儿好说歹说都投了你的票,不然

第四天

就曲书记那么扛着你还能当选？"

你拉哥们儿给我投票，怎么老戴说是他劝你们给我投的票？老戴又没在这儿，随你怎么胡诌。

"哎，这人啊，此一时彼一时，一旦屁股下的垫子高了人也就变了。做人不能太聪明！当初你整我的事我心知肚明，要不是你给我打了那么低的分我能分不到大两居的房子吗？你倒好，咱们那会可是哥们儿，你不但不互相照应，还暗地里阴我，你给我个平均分我都不怨你。你到底为什么那么做？我又不可能威胁到你的官位，你为什么非雪上加霜呢？一想起这个，我恨不得扇你一顿耳刮子解解恨！"老朴举起拳头使劲攥了攥。

分房子打分那次，老卫承认自己当时确实有些不周到，可那是个敏感时刻，他只好走钢丝。幸亏押对了，不然现在自己恐怕早就被踢出去了，就算留在文联估摸着也和老朴差不多下场。这是政治嗅觉和技巧，总有人要受牵连，你只是碰巧赶上，不走运罢了。

"你貌似公正，其实心胸狭隘、睚眦必报。人如其文，从你的文章里就能看出来你的人品，你隐藏得再好也有迹可循。我本来想，算了，何必和小人斗气，可我实在咽不下这口气，每次见到你居高临下、装腔作势的样子都气得要死。我平生最看不起的就是既做婊子又立牌坊的。明人不做暗事，我今天不妨告诉你，你抄袭贾克成的事是我举报的,我就是要让这个城市的人看看你卫从文、卫主席的虚伪面目。要不是姓贾的那小兔崽子最后缩了,那次就搞你个身败名裂。不过,我真是佩服你做事的手段,杀人于无形。一定是你私下做了手脚。贾克成那个怂包,见利忘义,让你侥幸逃脱了,真是老天没眼啊!"他一口喝光了剩下的酒,把酒瓶啪的一声重重墩在小桌上。

老卫恍然大悟。竟然是你这个老王八干的,自己竟然还以为是办公室的鲁选,看来冤枉他了,给了他不少小鞋穿,等康复了,一定好好补偿他。当时真是惊险百出,现在回想起来还心有余悸,好在自己手段高妙,不然,自己的后半生就葬送在你的爪子下了。到现在他还是想不起来那一小段故事是从哪里看到的,当他写出来的时候恍惚间觉得就是自己想出来的。他要感谢韩馨把那个小作者给搞定了。那一两次的爱欲并不是没有任何感情成分。谢谢你,韩馨!

那天,他坐在贾克成单位外面的茶馆里,想了各种可能,隔壁小作者对韩馨毕恭毕敬的样子让他有信心平息这场正在酝酿的风波。两个月后,小伙子的那篇小说在《人民文艺丛刊》上顺利发表,那段争议文字被删除了。当时你是不是要气疯了?是不是又灌了一宿的马尿?可惜自己现在,不然……算了,我宽恕你了。

第四天

"女人靠撒娇,男人靠撒谎。我太了解你的虚伪和恶毒了。现在好了,谎言在你这里终结了。人在做,天在看,这就是命运,你不敬畏它,把别人玩弄于股掌,反过来它就会给你加倍的惩罚。无人例外。

"以你的德行,你一定在外面有相好的,可能还不止一个。只是你隐藏得太好了,没让人发现而已。不过你骗不了我,蚊子改不了喝血,狗改不了吃屎。

"现在咱俩算是扯平了。这么多年的互相鄙视今晚就在这里终结吧。人生不如意之事十有七八,如今你这个状况,说心里话,我也感到惋惜。刚才我进医院时还想,如果躺在这里的是我,我会怎么办?哎!"老朴连着叹了几声,仰头把空瓶子向嘴里抖了抖,咂摸了几下,扶着椅子站起来,随手把空瓶子扔进了垃圾桶。他出去了一会儿,回来后鞋也没脱,侧身倒在了床上。

几点了?走廊里静悄悄的,护士再也没有来。老卫看着一堆烂泥样躺在那的老朴,也轻轻叹了口气。他一直不清楚老朴是怎么生活的,他老婆、孩子是怎么忍受他这个整天醉醺醺的样子的。他家里一定到处都是空瓶子,满屋都是酒气,新的混合着旧的,今天的混合着昨天的。真是每个人都有每个人的命运,谁都无法逃脱。

没一会儿,老朴就呼噜震天了。在今天醒来的大部分时间里，他都心情烦躁；在另外的四分之一时间里，他也毫无保留地把坏情绪带到了另一个世界。他恨那些整天忙忙碌碌、脸上挂着职业性微笑的大夫，尤其是徐大夫，看他时就像望着一个正在制作中的标本；还有那些年轻漂亮的小护士，医院真应该招收相貌普通甚至丑陋的护士；还有走廊里杂乱的脚步声和门外的窃窃私语；还有家惠，天天都像刚上班的毕业生一样准时来，每天都按部就班地给他擦脸、收拾屋子、按摩，她就不烦吗？还有那些说不上哪天就会搬到这个房间、过几天又搬走的人；还有这个活死人墓，自己就这么躺在这张既用来睡觉也用来拉屎的破床上；还有瓶子里那些早晚都要凋谢的烂花，看着就让人心烦……

还有自己——一个废人、一堆等待蛆虫孵化的肉。那些细菌什么时候才来分解他？有时候他烦躁得直想吐，就想赶紧睡觉。"睡吧，老卫，睡着了，一切烦恼就没了，最好是一睡不醒，彻底解脱。"

刚开始苏醒的两天里，他都不想睡觉，觉得自己有了康复的希望，怕再陷入昏迷状态。后来他才发现，对一个无法表达、无法动弹的人来说，睡觉才是摆脱痛苦的唯一办法。他强迫自己睡觉，无论什么时间，早晨、下午、傍晚，只要能睡过去就行。连续不间断的睡眠终于给他带来了意想不到的恶果——他开始失眠，尤其在晚上。听着看护他的人发出的鼾声，他恨不得用嗓子

第四天

眼里呼噜着的那口痰噎死他们。

老朴翻了个身，嘴里不知嘟囔了句什么，他脚上那双磨得发滑的棕色旧皮鞋的底子正对着他，两条腿弯曲着压在一起，那条瘸腿显然更细一些。在另一个世界里真好，可以避开这么多令人心烦的事。他突然觉得，人的一生似乎就是在不断地逃避：逃避死亡，逃避负担，逃避白天，逃避黑夜，逃避孤独，逃避别人，逃避自己，逃避童年，逃避成年，逃避一切。最后却还是免不了腐烂的命运。

他在夜里三点半的时候又醒过来。灯还亮着，刺得他眼睛又麻又痒。老朴一阵一阵间歇性的呼噜声像被狗追赶的兔子般乱窜。不关灯很好，一个伪造的白天，至少不让人那么憋闷。外面突然起了一阵风，刮得树叶哗哗直响，下雨了吗？空气里并没有尘土的味道。

算了，别和这种人一般见识了，也许生命真的就会在某一时刻戛然而止，他一直在胡思乱想，想得头皮发麻。他还没学会不怨天尤人，懊恼、悔恨都堆在胸口，压得他要爆裂。他痛恨见到的每一个人、想到的每一个人。他甚至毫无理由地痛恨家惠。淤积起来的愤怒在下一次醒来前就会散尽，然后说不定在什么时候再听从他的召唤。睡吧！老卫！没有什么比睡眠更让人踏实的了。

植 物 人

　　一只巴掌大的耗子突然从门缝溜进来，抖动着粉色的鼻子在空气里嗅了嗅，在地板中央左右瞥了瞥，灰色圆滚的小眼睛奇怪地望了眼老卫，又转向老朴那边，然后快速钻到床下。他突然没有了往日发自内心对老鼠的厌恶，觉得这个腌臜东西也让人羡慕，仅仅是因为它有健全的四肢，即使整天待在下水道和垃圾桶里，无疑也是幸福的。

第五天

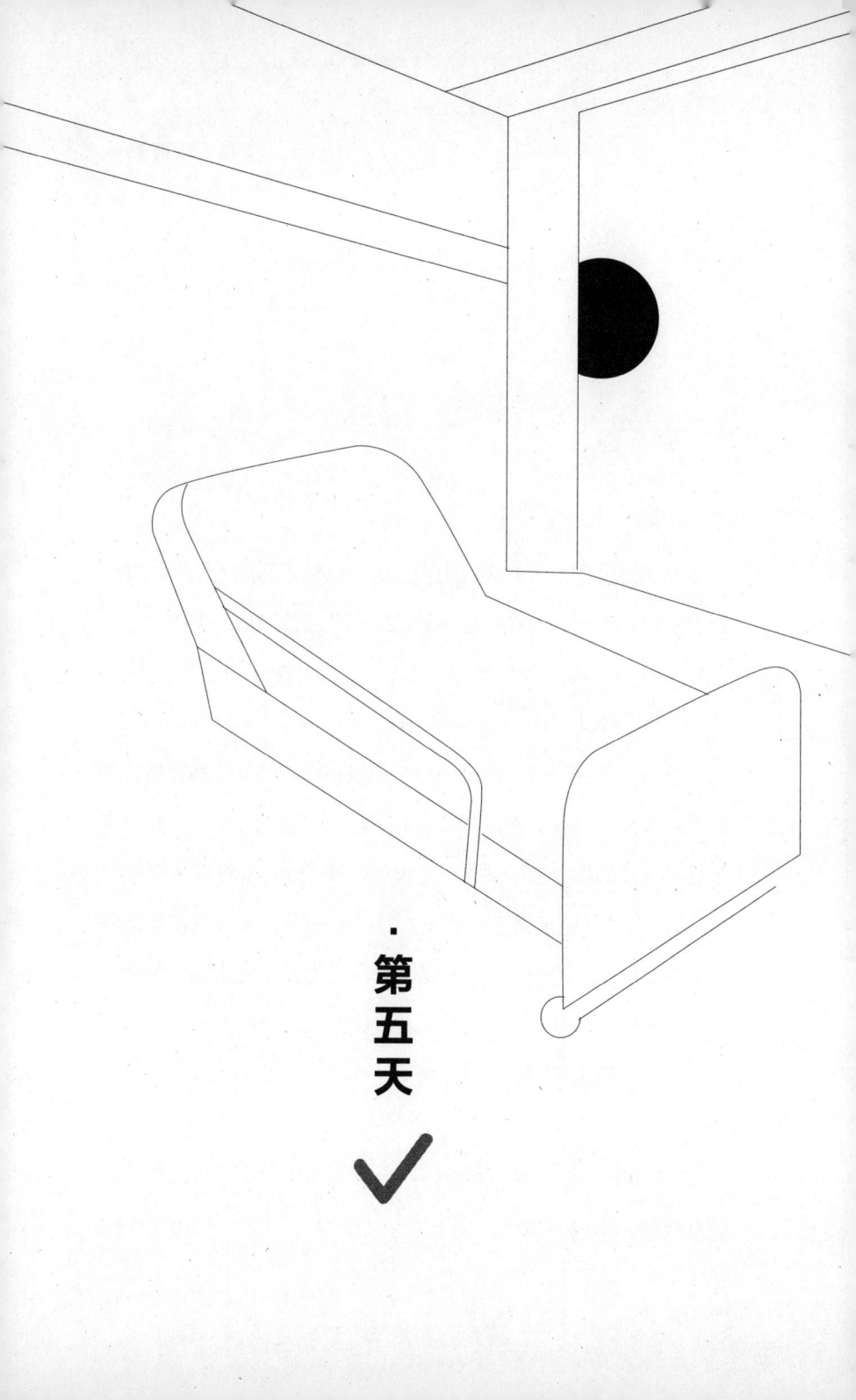

✓

植物人

一大早,主任带着实习生来查房,只翻了翻他的眼皮,好像在查看前几天进去的沙粒是不是已经完全被分泌物包裹住,生成了珍珠坯子。医生刚走没有五分钟,护士就推进来一个新病人。终于又有个伴儿了。

新病人的脑袋像个刚从快递纸箱里拿出来的易碎品,被纱布裹得一层又一层,只露出眼睛、鼻子,衣服上都是血迹。那具和他一样沉默的病体被抬到床上,像他一样一动不动地任人摆布。

"怎么了?也是被撞伤的吗?"门外一个女人一直在和谁争吵,声音尖锐而绝望。过了一会儿,一个看起来五十来岁的女人呼地闯进来,后面跟着一个比她更老的男人,还有一个二十多岁的女子,最后进来的一个护士赶紧给病人盖上单子,端着托盘出去了。

"儿子啊!他们要是不给你治,我就和他们拼了!"女人眼睛红红的,布满了血丝,样子愤怒又绝望。"儿子,你可要挺住

第五天

啊，你还不到三十啊，你要是走了，妈也不活了。"女人把头埋在儿子身边，肩膀一耸一耸地抽噎着。

那个年轻女子站在旁边，也是满面忧伤。她不知所措的样子，让他想起小乔。现在，他唯一的愧疚就是对小乔。自己只给了她短暂的快乐，她却给了自己另一种人生体验。感谢你！没有你，我将是一个永远都陷于颓废、麻木的人。谢谢你！你的路还很长，忘了我吧，虽然有短暂的痛苦，但是希望当你再想起我时，只有美好的回忆。谢谢你！小乔。

还有谁呢？算了，过段时间就没人会记得他这个人了，大家都是彼此生命的过客，他只是走得快了些，不经意间绊了个跟头，就直接摔到了终点。

女人的哭声越来越小，几不可闻。男人一脸沮丧，掏出根烟点着。家惠想让他别抽烟，半转过身想了想，却什么也没说。男人快抽完一支烟的时候，一个女大夫和护士长一起推门进来。

"哎！你怎么抽烟啊？医院禁止吸烟。"护士长的责问只换来男人的怒视。

"算了算了。"女大夫拉了拉护士长的胳膊。

"没规矩。"护士长小声嘀咕道。

"什么规矩？你们医院不给病人手术就是规矩？你们还讲不讲点医德？"女人霍地站起来，眼睛夸张地瞪着，脸涨得发紫，如同一只随时准备扑啄的母鸡。

"好了好了,我们并不是不给病人治疗。"医生打着圆场道,伸手摸了一下护士长的胳膊。

"都打成这样了你们还不给马上手术,这是什么治疗?"

"大姐,你消消气。咱们有话好好说。"

"你们现在就告诉我,到底什么时候手术?"

"手术室现在正占用着,"医生看了看表,犹豫了一下,"我也说不好,我再问问。"

"你们别以为我们是傻子,要是给耽误了,我就天天堵在政府门口告你们,什么医院,见死不救!"女人转身又趴在床边哭起来,声音显得干涩无力。女医生和护士长低声说了两句就出去了。

"天杀的,打完人就跑了,你让我们怎么办?早晚天打雷劈!"女人的声音越来越大,扭头看着又掏出一支烟的男人,哭着骂道:"别抽了,你就知道抽,什么也帮不上我们!"

男人捏着烟,瞪了一眼老婆,又看了看儿子,从凳子上霍地站起来摔门而去。年轻女子跟着出去,经过老卫身边时看了一眼这个也在望着自己的病人。女人一会儿揉揉儿子的胳膊和手,一会儿摸摸脸,不停地啜泣。

家惠觉得有些憋闷,看了老卫一眼,也拎着包出去了。过了一会儿,护士长探身告诉女人:"十二点半手术,你们准备一下,

第五天

去交押金。"

"交什么押金？让他们交，我们被打了还要交押金，还有没有王法？"

"谁交我们不管。不交押金没法手术。"

"你们先给手术，我去找他们要钱。"

"我们医生、护士可没这个权力，只是按照规定处理，你们要是认识院长，可以去找他说说。"护士长说完就消失了。女人气愤地站起来想追出去，又不放心儿子，站着犹豫了一下，还是追了出去。

老卫看着躺在旁边的小伙子，二十多岁的样子，多好的年龄。他想起自己三十岁的时候，当时多年轻。小伙子静静躺在那里，一动不动。自己昏迷的时候是不是也这样，在自己的世界里沉睡不醒，任凭耳边山呼海啸。

"和洛城差不多的年龄。"他突然想起儿子来。对了，老朴是什么时候走的？这个死瘸子，折磨了自己半宿，到现在那股腐烂的味道似乎还没散尽。

"洛城"，他想着儿子，"他在做什么？知道自己的事情吗？"

过了几分钟，女人回来了，坐在床边握着儿子的手低声抽泣。儿子突然哼了哼，她立刻握住他的手，不停地问："儿子，你怎么样了？快醒醒。"这让老卫心烦意躁，他合上了眼睛。家惠呢？

他担心眼前这个女人会做出什么疯癫的事来。

十二点多,两个大夫——其中一个是外科的副主任——进来后又看了看,通知女人准备手术。又过了十多分钟,两个小护士推着一辆手术车进来,大家又把他抬上车,呼呼啦啦出去了。

终于还给了他一个清净的下午。今天换了个小护士,个子不高,长得胖墩墩的。"不会是为了预防我有什么情况,专门把医院力气最大的派过来吧?"小护士并没有特别留意他,挂完点滴就出去了,看不出她脸上有什么异样。下午两点多,她又过来把输液瓶收走了。

他躺在床上昏昏沉沉地眯了一会儿,醒来时还不到三点。外面的天气有些阴暗。这两天,他觉得身体似乎有了点好转的迹象,能感到背部麻痒,不知道是神经系统正在恢复,还是长期卧床产生了错觉。

他没再睡觉,想看看那个小伙子手术后的情况。时间缓慢地移动着,五点了,小伙子仍然没回来。几只鸽子在空中盘旋着,发出一阵呼哨声,一只苍蝇在窗玻璃上爬来爬去。在他突然想起点什么事来时,门开了一下,一个人探了下头又缩回去,他就再也想不起来是什么事了。外面似乎有些喧哗,声音应该来自病房的另外一边。

第五天

洛城进来时,他正要睡去,家惠接过百合花在小桌子上腾出个位置放好。难道真有神意眷顾,自己刚想到儿子他就来了?

"洛城,你自己吗?"家惠问。

"嗯,就我自己。"洛城苦笑了一下,看了眼床上的病人。洛城来了,莫非血脉相连的人真的能够互相感应?老卫有点意外。她,不会来的,即使自己最后变成骨灰了,也和她没任何关系,自己只是一个她不必再次重温的教训——"我他妈恨死你了!"奇怪的是,到现在,在他残存的记忆里,她恶狠狠的样子还是栩栩如生。

"你妈妈病好了吧?"家惠客气地问道。

"还好,就是最近查出了高血糖,心脏也不太好。"

"那要多注意,要是得了糖尿病可是很痛苦。"

"外面怎么回事?警车都来了。"

"好像一个人的儿子被打得昏迷不醒,上午就被抬到这屋了,然后又被送去做手术了,现在还没下手术台。他家人就把尸体停在医院门口,闹了有一会儿了。"

"哦。"他也在心里跟着"哦"了一声。谁不会死呢?自己的好几个同学、同事都死了。去年他还去参加了一个高中同学的葬礼,这位老同学娶了自己曾经心仪的女孩,对此,他一直耿耿于怀。看着也已经变得苍老的她捧着那个盒子,突然觉得一切都如过眼云烟般不真实。

上次见到洛城还是在嘉嘉百日的时候。都几年了！他想了想，几年了？那次他是不请自到，孩子奶奶立刻一脸愠怒，连个借口都没找就躲开了。他尴尬地坐了一会儿，把路上买的长命锁给孩子带上。没人逗孩子叫爷爷，气氛很诡异，大家都像在本能地排斥他这个不速之客，不认识他的人交头接耳地议论着。他觉得无趣，没一会儿就借口有事走了。洛城送他到饭店门口，什么也没说，只苦笑了一下。他头也不回地发动汽车，心里骂自己真是没骗干净，自作多情！

"老卫，洛城来看你了。"他们聊了几句家常，家惠习惯性地推了推他的胳膊，告诉洛城："好多了，能睁开眼睛，就是还没有意识。"

"能动吗？"

家惠没作声，一定是在摇头。

"有恢复的希望吗？"

"说不好。"家惠叹了口气。

"大夫后来怎么说？"

"现在基本就是这样了，以后能恢复到什么程度也说不好。"她又长叹了一口气。他们有一会儿没再说话，应该都在盯着他看。

"我陪他一晚吧。"洛城说。

第五天

"你方便吗?"

"方便,正好晓华带嘉嘉回姥姥家了。"

"那我去打个电话,让文联晚上不用安排人了,你先坐着。"

洛城四处看了看,拿过凳子坐下来。好好看看吧,一具和你有血缘关系的木乃伊。家惠安排好后,就和洛城出去吃晚饭了。他张开眼,又剩下自己。晚饭时他们正好可以谈谈自己,其实没什么好回避的,当面直说也无妨。洛城今年多大了?三十二还是三十三?自己有亏欠这个孩子吗?当初,他象征性地争取了一下洛城的抚养权,换得女人对于家产的一点让步。他并不太在意儿子改姓,也不太在意他对自己一直心存的怨恨,这都是他妈妈从小灌输给他的。当初,儿子在被问到"到底想跟谁在一起"时,竟然毫不犹豫地伸直了胳膊指着妈妈,并从此不再叫他爸爸。他们几乎要几年才能偶遇一次,即使洛城的婚礼也是最后才决定知会他一声。他很犹豫,但还是去了,然后就遭遇了被人追问自己是谁的尴尬一幕——"那个坐在新郎边上的人是谁?"

外面天色渐暗,傍晚时分的绛紫色气息浮现在窗前。面对洛城,老卫不知道是什么心情。高兴?还是伤感、自责?他一直望着半开的门,听着走廊里来来回回的脚步声。病痛不仅折磨人,也会让人看清世间冷暖,不是吗?他对于家庭一直有种说不出的畏惧感,这源自他打小就刻意孤立自己的经历吗?还是因为他一路所见的都是磕磕绊绊、争吵不休的婚姻?在大学时,他有一阵子崇尚独身主义,看了《独身主义宣言》和几本关于独身主义的书,怀着崇高的自我牺牲精神特立独行了一阵子。

六点半,洛城才回来,轻轻把门关上。他睁着眼望着洛城,这让洛城有些意外,也许他宁愿这个病人一直睡着。洛城先是扶着窗台向外望了会儿,然后在屋子里走了两圈,接了个电话,声音压得很低。

是她吗?她在探听他的消息。洛城打完电话坐在病人身边,对着那双看起来呆滞的眼睛直视了几秒钟,转了两次身,似乎想为他做点什么。

他心里暗叹道:"你不该来,这不正像我当年不请自到一样尴尬吗!"洛城不抽烟,这他知道。凡是他喜欢的,估计女人都会让他远离。他不知道洛城是不是有文学天分,应该有一点,但他大学却读的是机械制造专业。是女人的无知和盲目怨恨毁了他,不然他完全可以利用自己的影响力,让儿子成为一个青年作家,这亦不失为一段文坛佳话。

"我代表妈,还有嘉嘉和晓华来看看您。"洛城坐下来,犹豫着,吞吞吐吐道,就像在小声背台词。对晓华,他一直没有什么特别的感受,她是一个规规矩矩的居家女子,看他的时候眼里满是戒备,战战兢兢的样子。一定是洛城把他爸爸的事全都告诉她

第五天

了,婆婆也肯定添油加醋了。嘉嘉,应该快上小学了吧?至于女人,她一定会怒气冲冲地阻止儿子来看他:"一个死人有什么好看的!"儿子只是在说客套话而已。

"明年嘉嘉就上小学了,他也想来。我怕,对他不好。"洛城停下来。果然快上小学了。算了,还不到瞻仰的时候,这个爷爷,和那个爷爷可不是一回事。

"我一直希望有一天,您和妈能互相原谅对方。可是妈太固执,一直不愿改变想法。都过了这么多年了,再深的误会也该变淡了。她一直就这固执,越老越是。您应该了解的。"洛城轻轻搓着手,继续道,"我对她说,误会是用来解除的,不是加深的。不过我说来看您,她倒是也没说什么。"

"谢谢!"他太了解那个和自己生活了几年的女人的固执了,是什么让她对自己抱有如此深重的偏见,甚至在自己生命行将终结之际也不原谅?他想不明白,还是因为她不可救药的偏执?这是唯一合理的解释。几年的共同生活经历告诉他,不要和一个偏执狂较真。他在心里微微自嘲了一下。"误会是用来解除的,而不是用来加深的",这是他在《一个作家的选择》里说过的漂亮话,想不到洛城知道。他一定看过自己的作品了。

"其实我,也不知道该怎么面对您,每次都是。"洛城轻轻叹了口气,"您可能会笑话我,我不像您那么善于表达,我都不知道见面时该怎么称呼您合适。"

不用称呼,"爸爸"是个禁忌词,即使当着熟人面也不用附加额外的称呼。叫"老卫"吧,大家都这么叫。

"虽然我有继父,但是心里从来没有和他亲近过,要是再早两年,就不会有这种问题了。"

他明白儿子的意思,是啊!再早几年分开,在你不懂事的时候,还区分不出单眼皮和双眼皮有什么不同的时候。或者干脆你不曾存在过。他不想让自己陷入愧疚之中,没什么好愧疚的,大家的选择不同,就这么简单。

从女人怀孕开始,洛城就没给他带来什么快乐,他甚至有时会觉得,也许这孩子保不住。他能预知和女人的结果,何必让一个额外的生命增加彼此的负担呢?多一个从小就在怨恨中成长的孩子,何必呢。

在女人家里,自己一定是个禁止被提起的人。他了解女人,一个偏执而不会开玩笑的守旧女人,为孩子建立起一个用禁忌搭建的围栏。孩子,你从小会快乐吗?

"虽然很少见面,但是您一直都在我的生活中。我曾经想摆脱您,所以我就拼命学习。我的成绩很好,这可能是从您那里遗传的。只是我不擅于表达,不像您那样游刃有余。说出来不怕您笑话,从小我就害怕和人交往,害怕别人说起自己的家长。"洛

第五天

城停下来，仰头看了看天花板，"您的名气越来越大，我却越来越矛盾。我希望自己有个有名的家长，这样别的孩子就不会骂我是野种了。在中学时，有一次我到了文联门口，在门卫那里都要登记了，却还是没有胆量进去。我不知道您会怎么对待我，如果真像妈说的那样，我的生活可能就彻底完蛋了。"

他不禁在心里跟着长叹一声："要是你妈妈是家惠该多好！"

"那时候……有时我想，如果当初您要了我，会怎么样？我们是不是会生活得很好？妈妈也许会再要个孩子，大家就都不用这样痛苦地生活了。"

自己、家惠和洛城，组成一个家？虽然他并不喜欢孩子，但是听起来也可以接受。女人是因为这个而拒绝再生孩子吗？你继父怎么会同意呢？哼！谁又能拿一个偏执狂女人怎么样，可怜的人。他对你好吗？

"我偷偷把您的书都买了，但是只看了《一个作家的选择》，我觉得那里面的人不完全是您，而且我感到您实际上也被一些说不清的东西困扰着，和我差不多。也许这就是血缘关系吧。"

他承认洛城的敏锐，连评论家都说他这本书是"坦诚之作，毫无回避地直视人生"，这是血缘关系造就的神秘联系吗？洛城要是从事写作，一定会是个敏锐的好作家。

"妈一开始总是和我说那些让她不高兴的事，从小我就觉得自己是个异类，总是幻想自己能够像超人一样飞到另一个星球去生活。没有什么比生活在有缺欠的家庭中更让人不安的了，我总想逃离，又不知道逃到哪里。原以为上了大学会好些，结果还是一样，很失败。"

他原以为洛城生活得很幸福，在和他有限的见面中，洛城每次都紧皱着眉头，他还以为这是孩子对他的厌恶。看来自己并不比一个孩子更敏感、更复杂。好在一切都过去了。而且，一切都要结束了，你的内心再也不用受什么无端的束缚了。哎！如果早知道你是这样想的，我会告诉你如何摆脱苦恼。

"毕业时，继父曾经说要我找找您，被妈当场否决了。这么多年，我还是第一次见到她情绪会那么激动。我理解她的心情，她想告诉您，她是一个坚强的人，一个可以自己过上幸福生活的人。"

他对此嗤之以鼻。什么幸福生活，自欺欺人罢了。如果没有离婚，他觉得那实在也是无法接受的，估计最后疯掉的一定是自己，那段不堪回首的日子！

"认识了晓华后，我才逐渐摆脱了这种困扰，才感受到家庭带来的那种安全和满足。有了嘉嘉后，不知道为什么，这种困扰竟然又回来了。我有时候都想，他是带着您的困扰来的。"

你、晓华、嘉嘉，你们是一个完整的家庭。你可能只是担心

第五天

嘉嘉会不会和你一样罢了。你和晓华的关系不好吗?

"从小我就很恐惧自己以后会陷入您和妈妈那种关系中,好在我和晓华现在很好。只是这种事没有办法告诉她。"洛城似乎猜到了他的想法,接着说道,"嘉嘉的作文很好,这可能像您。不过我不希望他成为一个作家,作家太复杂,也不专一,我希望他只是一个单纯、快乐的人,考个好大学,有份好工作,简简单单地生活。"

"作家太复杂。"这话说得深刻,否则怎么能靠想象就写出那么多作品来呢?老卫并不觉得自己有多复杂,只是心思缜密而已,其实写作并不难。

"其实给嘉嘉起这个名字,我是希望他能有两个家,都给他幸福和爱。可能我想得太单纯了。"洛城苦笑了一声,起身从自己的包里拿出一瓶矿泉水,拧开盖子喝了一大口,又坐下来,把瓶子捏在手里,发出咔嚓咔嚓的声音。

"自从知道您出了车祸后,我来过一次,那时您还在ICU。看到您的一刹那,怎么说呢,有种很陌生的感觉,就像一个从来没见过的人。我希望您能醒过来,渡过这一关,毕竟您才五十八岁,还没到颐养天年的时候,还应该有挺长时间的天伦之乐没有享受。"

洛城竟然记得自己的年龄,这出乎他的意料,也许还有很多残存的记忆顽固地盘踞在他心里。他想了想，对，洛城今年三十二岁。走廊里一直有时断时续的脚步声，偶尔还会传来一阵轻笑。谁呢？是寂寞的医生在和年轻的护士打情骂俏吗？还是护工搀着还能行动的病人在活动腿脚？

　　洛城拿着矿泉水走到窗前，一只手扶着窗台，望着外面的夜色。他在想什么？如果自己能正常和人交流，他会不会还有勇气和自己说这些？这种勇气自己有吗？他在心里暗自衡量了一下。夜晚是感性的，总是让人浮想联翩，也正好隐藏自己。这一刻，他望着儿子的背影，脑海里浮现出一家人在海边度假的情景，蓝天、碧水、太阳伞……太遥远了！如果自己能恢复，一定要请洛城他们到海南度个假，让这难以割断的血缘关系重新疏通，弥补一下自己对洛城那未及的爱。

　　对于这个孩子，他不知道该以什么样的词汇来表达他们之间的关系——仅仅是有血亲关系的两个人？还是他是自己罪责的增加者，抑或自己失败婚姻的天然见证人？在洛城刚出生的那两年，他对这个幼小的生命还充满着怜爱，看着这个和自己长得很像的孩子，他感受到一个父亲的责任。那两年虽然自己正处于事业的转折点上，还是拿出不少时间来陪孩子，陪他玩，逗他笑。随着夫妻关系的急剧恶化，这份父爱似乎也迅速被弱化了，不知什么时候，他甚至会觉得儿子是个拖累，让他在道德上陷入困

第五天

境，左右为难。最后，他还是下定决心，情愿付出道德的代价也要将自己解放出来，对谁都好。

刚离婚的那段日子，他仍旧被这种困境侵扰着，加上单位的各种谣言，它们将自己置于审判席上，接受良心的判罚。这更让他产生了一种不被理解的悲壮感——终于和这个孩子渐行渐远了，除了名义上的关系，他们亲情的纽带已经断裂。自己那时是不是也曾希望，以后会有个修复关系的机会？毕竟按照他对未来的规划，再过些年，凭借自己会取得的成就和名望，这些问题就不会继续困扰自己了。

洛城在窗边站了有十来分钟。他缓缓合上眼，回想洛城说的那些话。他第一次感到对洛城的亏欠，这个他曾经故意忽视的儿子，就和他在同一个城市里生活着，他却用一种苛责和怨怼来逃避他。他现在承认，是自己刻意而不负责任的疏远，造成了现在的结果。他主动远离了儿子这个负担，哪怕因此而换来一个坏名声——要不是瘫痪在床，他是不是永远意识不到自己都做了些什么？还继续认为自己的行为是理所当然的？

"爸。"洛城叫了一声，有点犹豫，声音不大。他觉得是自己听错了，洛城在叫那个陌生的字吗？

"爸。"是的，这次听清楚了，洛城握住他知觉尚存的手，按在额头，压抑着啜泣起来。

植物人

"孩子,你终于还是来了!"他在心里长叹一声,不知道是感动还是心酸。一瞬间,他不再觉得洛城只是一只游离精子的偶合体,他是自己的骨肉,身上流淌着自己的血。他不知道自己是不是还有流泪的功能,他觉得眼睛有些湿润,希望眼泪不要淌出来——植物人的泪腺应该早就干涸了。

他突然有点愧疚,甚至直接惠及到女人身上。这也不正常,是不是真是"人之将死,其行也愧"?

"这么多年,我就是希望能有这样一个机会,我要告诉您,您带给我的是什么,让您明白我生命中被您的冷漠摧残的部分。我期待和您回归到一个正常家庭的情感中,叫您一声爸是我一直以来的愿望,但我还是无法想象我们父子团聚时的样子。如果,不是因为您现在这种状况,我可能仍旧没有勇气把这些话说出来,只是……"洛城慢慢平复了一下心情,又继续自言自语,"说真的,您并不是一个好父亲,甚至不是一个合格的父亲。我们对您来讲,是种避之不及的负担,从小我就是这么认为的,不然为什么我们生活在一个城市却总是见不到呢?"

他同意洛城这么说,他们确实是自己的负资产,自己也很少想起他们来,一切都是偶然发生的,那就让它偶然走开好了,就像走错了门一样。唉!这一天终于到来了,什么事最后都要有个结果。这样挺好,若是平时,说不定两张嘴一碰面就吵起来了。

第五天

现在洛城不用顾忌他的感受,可以把想说的都说出来。这样真的挺好。他感到一丝负重后的轻松。

"我能谅解您,也希望您原谅我。"这是洛城最后的话。然后他站起来出去了一会儿,回来后走到他面前看了看,把灯关了,躺在床上,背对着他。他看着洛城,这场景多熟悉啊!时间真快,父亲去世已经三年多了,那时他刚认识小乔,一切都来得那么突然,不是时候。

三年前,也差不多是这个时候,他接到妹妹的电话后,带上小乔开车往回赶。"为什么要带上她呢?"虽然她只是想去莲花寺烧炷香,也许是他不愿独自面对一个熟悉的人的死亡。路上小乔就像一只被放飞的小鸟,叽叽喳喳说个不停,多少驱散了他心头的一些忧虑。快到县城时,小乔缩在座椅上睡着了。他看着她红润细腻的脸蛋,心里突然充满了欲望。

父亲查出肝癌晚期的时候,是一年前的秋天,撑了这么长时间也差不多了。家惠已经和一个关系单位的旅游团说好了去匈牙利,他也没勉强她留下。刚刚下过雨的夜晚有些冷清,他等着父亲洗漱完,自己也去洗了把脸。他谢绝了县里领导的好意,和哥哥妹妹轮流陪护父亲,第三天就异常疲惫。

父亲已经被折腾得消瘦不堪,脸色蜡黄,常常用枕头顶着胸口,一声不吭,额头上的汗密密地渗出来。看着父亲如此痛苦,

植物人

他突然觉得死亡也是一种解脱。晚饭时，他请医生给老头打了半支杜冷丁，能让他挺到他们睡觉时。

他只睡了一会儿就被尿憋醒了，脑袋里还是昏昏沉沉，眼皮像粘在一起，又酸又胀。他借着门上小窗户透进来的一点光找到拖鞋，轻轻推开门，走廊里的灯竟然全亮着，刺得眼睛有点睁不开。右转向前经过四个门，在楼梯边上就是洗手间。洗手间地上的积水还没干透，他揉了揉眼睛。墙上那面下沿贴着护工小广告的镜子上有一道人字形裂纹，把他割裂成三块。走廊另一头的椅子上坐着一个人，吐出浓重的烟雾。走近了才看清竟然是父亲，他穿着病服靠墙坐在门左侧的椅子上。

"怎么出来了？别着凉了。"他也坐下来。

"你和家惠都挺好的吧。"老头问道，又吸了口烟。

"挺好的。"

"也许我这次挺不了多久了。"

"没事，就是急性胃炎，再住几天院就好了。"

"洛城怎么样了？"老头突然问道。

"挺好的。"他对老头的问话有些意外，含混道。

老头没说什么，看了他一眼，紧抽了两口烟，然后扔到地上，用脚尖把烟头碾得粉碎。"我希望我走后，你们能好好照顾你妈。另外，你妹妹条件差些，你条件好，要担起点责任。"

第五天

他只好点点头。人之将死,其言也哀,再说些无关痛痒的话安慰老头已经没有什么意义了。到了年纪,一个家庭就开始逐渐消解,老头是第一个走的人,然后是母亲,按照年龄排序,也快到自己了。这就是每个人避无可避的宿命。

父亲的疼痛又发作起来,他深深弯下腰,费力地想站起来。他赶紧伸手扶住老头的胳膊。老头的手微微有点发抖,细细的胳膊上肉很松弛,软软的,温热,没有一点弹性。

他扶着老头躺在床上,盖好被子,自己也躺下来,深深吸了口气。他们安静地躺在床上,就像他每次回家探亲时一样。乡下的夜深邃幽静,时间像凝固了一般。有时父子两个人拿着小凳子坐在院子里,边抽烟边聊点镇子里的事。只有在家时,他才可以全身心地放松下来。外面的脚步声逐渐清晰起来,又消失了,传来开门时"吱"的一声。他在黑暗中睁着眼睛,听着老头并不平稳的嘶嘶呼吸声,心里觉得慌里慌张的,刚才还挂在眼皮上的睡意已经无影无踪。

那一次,他很想和父亲多聊聊,但是说不上几句就没话可讲了。现在他才发现自己并不擅长和亲近的人相处,和他们在一起时他反而将自己包裹得更严实。和哥哥的关系也说不上有多好。妹妹呢?稍好点,因为她是女人?和洛城的关系再次印证了这一点。怎么会这样?

这次再见父亲时,他已经卧床不起了,时而会陷入昏迷状态。医生说,可能随时都有生命危险,只开点止痛药就好,没有什么继续治疗的必要。

第二天晚上,他突然想和小乔做爱,疯狂地做爱。虽然他年纪也不小了,但是在这样的特殊时刻也需要安慰自己。一想到这个,他就感到烦躁不安,只想跑到小乔身边。但看着老头渐渐衰弱、短促的呼吸,他下不定决心。

老头突然醒了过来,用浑浊无光的眼睛望着他,颤巍巍地伸出手。他心里一阵酸楚,握着老头干枯、松弛的手,轻声地问是不是想喝水。老头微微摇了摇头。他以为父亲想要说什么,把头凑了过去。老头什么也没说,只是一直望着他。他稍微用力握了握老头的手。老头慢慢闭上眼睛,像是又睡着了。

他让一个侄子单独照看老头,自己到宾馆和小乔做了三次爱。第二天他醒来时已经八点了,小乔把他的手机设成了静音,他看到手机上有三十个未接来电。他赶紧打给妹妹。

"爸昨晚就走了。"妹妹在电话里低声告诉他。

他赶到医院时,父亲已经被送到太平间,正要推进那个大抽屉。他摸着父亲冰凉粗糙的大手,看着他微微蹙起的眉头,心里充满愧疚。他在心里默默向父亲道歉:"爸,对不起。"

第 五 天

他不知道是听觉出了问题,还是自己耳道里自造的噪音,这几天已经折磨得他常常弄不清眼前发生的事是不是在做梦。混乱的思维、衰减的记忆,让他感到自己的肌体正在退化,被压迫的神经已经容不下太多思虑。

远处似乎隐隐约约传来一阵鞭炮声,又是哪个人先他而去了?他对这种习俗很是赞赏,生而痛苦,走时喜悦。他还记得过年时弥散在空气中的那股硝烟味,那是儿时的快乐,简单的快乐。现在他则设想在一个静谧的雨后之夜,万物都沉入黑暗,他的灵魂在纯净的思维世界里四处游荡。它悄悄躲在树后,看着家惠和洛城用杆子把鞭炮挑起来,家惠战战兢兢地点了两次,药捻才哧哧烧起来。街上冷冷清清,路灯发出倦怠的黄光,鞭炮炸响的声音格外清脆,青烟未散,半条街都弥散着香喷喷的火药味,炸碎的淡红色纸屑纷纷扬扬地飘落进路灯的光晕里,在冷夜中被飞驰而过的汽车带得到处都是。

有一阵,他觉得鼻子被粘住了,只好张开嘴,让气息从那里漏进来。四下里静悄悄的,他似乎听见一种鸣响,时远时近。不像是蛙声,也不是蝉鸣,听起来是一种不属于城市里的生物发出的声音。那是什么?难道是那些盘旋在医院上空不肯离去的游魂?

过了一会儿,他又觉得自己的脚痒,而且越胡思乱想越痒得厉害，像蚂蚁在上面爬，起初是一两只，后来有几百只，它们把他的脚底当作了夜宵，疯狂地啃啮着。他心里烦乱到了极点——"洛城，快起来帮我一把！"洛城翻了个身，把脸朝向他这边。他们真应该把自己用药水泡起来，彻底杀光他身上的细菌。

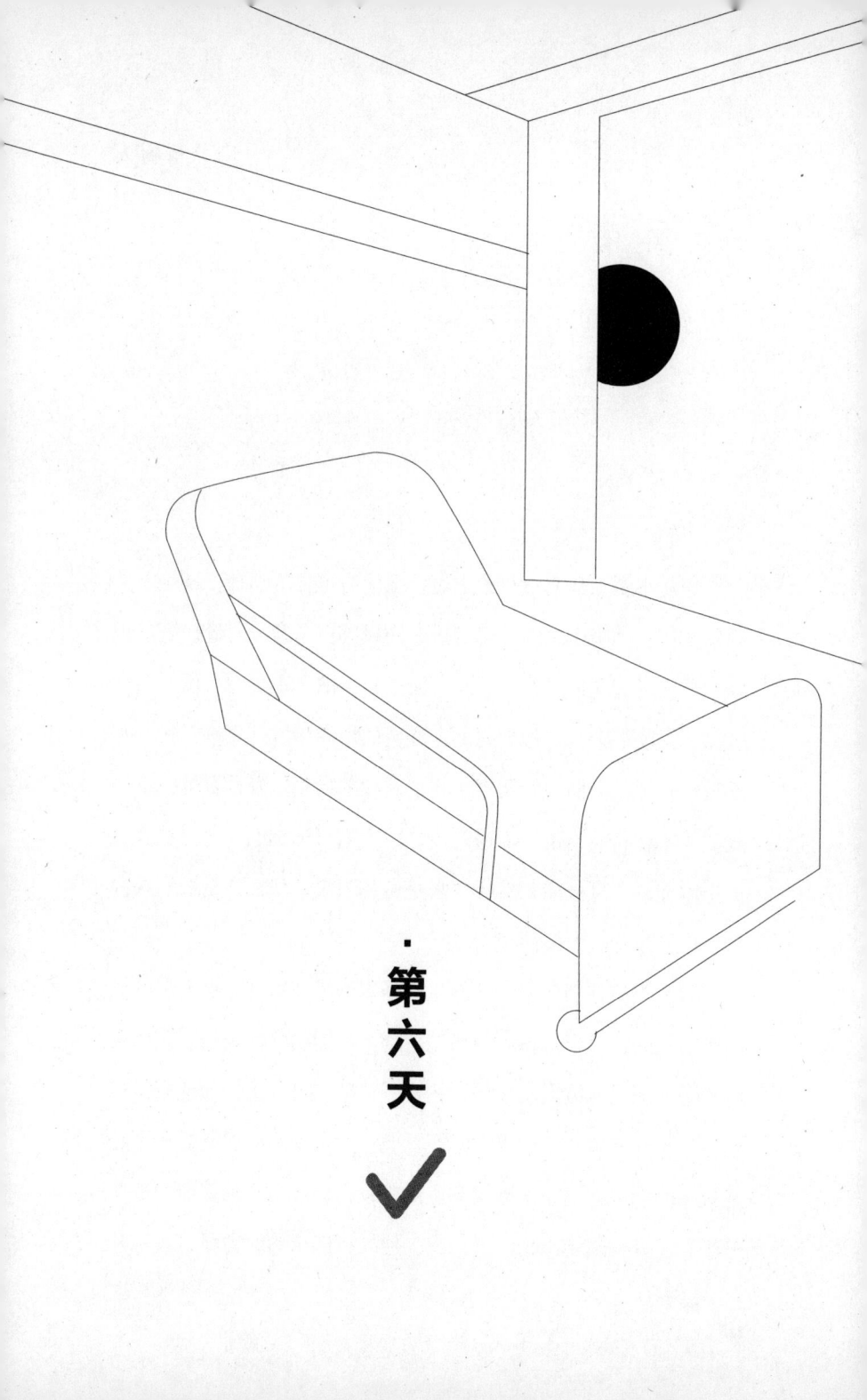

第六天

✓

植物人

　　他从小到大几乎没有染上过什么值得记忆的病痛，都是一些偶尔发作、小来小去的头疼脑热、伤风感冒，他没有过住院的记录。这次可真是全部弥补了。老天是公平的，不会亏欠任何一个子民，早晚都会轮到你。时间在痛苦的汪洋中过得真慢，每一天都被拉长了很多倍，如同一头将要病死的老牛，慢吞吞地拉着满载的大车在爬坡，走一步退两步，越走离目标越远。而自己就是一个囚徒，一直被囚禁着，原来是自我囚禁，现在则是被别人囚禁，已经被判处无期徒刑。

　　要是没有这档子事，他的生活基本都是在各种有趣无趣的构思中度过的，每个月再出两趟差。越是不能动弹，越是想念出差的日子，那时他被大家簇拥、礼赞着，现在可好了，让他们像托运行李一样把自己托运出去吗？在他身上贴上"请勿倒置，小心轻放"的标签，大家来到候车室出口，在传送带旁等着他和那些箱子、行李一起转出来？这一夜，他被折磨得筋疲力尽，天色开

第六天

始发白的时候,终于昏昏沉沉地睡着了,然后又很快醒了过来。家惠正在和洛城说话,她今天穿了件粉色的凉衫,还打了把遮阳伞,右手腕上戴着一串淡青色的菩提子长串,气色看起来比前几天好了不少,难为她了。

已经快八点了,人们应该都在路上了。外面突然传来一阵喧闹声。洛城走到窗口向外看,医院大门口聚集了很多人。一个人——是个女人,躺在大门口的地上,旁边围了一圈保安,有几个警察背对着病房这边。

"怎么没人把那个躺在地上的女人抬进来?"洛城转身对在收拾小桌子的家惠说。

"就是昨天在这个病床躺过的那小伙的妈妈,小伙没下得来手术台,才二十多岁,真是可惜,她又在闹了。"

洛城又探头看了看下面,围观的人依旧冷漠地看着她,有的人觉得无趣走了,但又有人围了过来。

家惠放下抹布,对洛城道:"你今天还要上班吧?"

"没事。我一会儿直接去单位就行。"他们又闲说了几句,洛城看了看他,对家惠笑了一下,走了。

外面传来一阵警笛声。他望着窗外,心里有些失落。托尔斯泰说过:"幸福的家庭都是相似的,不幸的家庭却各有各的不幸。"幸福是奢侈品,至少是件稀罕物,痛苦倒是人人有份,谁也跑不了。自己尤其要承受更多，这不公平，那些神祇只会用痛苦来昭示自己的存在吗？

简单收拾了一下，家惠从包里拿出一个大影集，那是他们以前的合影集，她叮嘱护士忙完后给老卫翻着看看，自己就出去了。护士给老卫收拾干净，又规整了房间里的东西，翻着影集自己看起来，到后来也没了兴致，里面的人除了老卫和家惠，她都不认识。她索性把影集立在他胸口，随便往后翻了几下就出去了。她翻的速度有点快，有的照片他都没怎么看清。看着那几张差不多二十年前的照片，岁月无情地在他们身上留下了不可磨灭的印记，一些熟悉的场景和味道又从遥远的记忆里被挖了出来，像是对他当下命运的嘲弄。

"又是一天。"他醒来时总会这么想。每次醒来，他都要先面对堆积在胸口的烦闷，这种情形他只在每月一次不定期的失眠状态下才有。然后他就又开始想，还要在这里躺多久？家惠在哪？他承认现在自己需要家惠，非常需要，就像孩子需要待在妈妈的眼皮底下。家惠在时，会帮他按摩腿和脚掌，推着他侧过来躺会儿，像小时候村里人在场院上翻晒粮食一样，以避免他生褥疮、湿疹什么的。不过他的身体没有感觉，只是心里觉得好受些，今天还没有人帮他翻动一下。

家惠，原来只是他的一个热心读者，在他和老婆离婚的那

第六天

年,她碰巧进入了他尚未来得及独享的自由生活。他满足了前妻几乎所有的要求,只为了恢复从前不被怀疑和没被贴上"伪君子"标签的高尚生活——她不懂作家的精神世界和内在需求,整天都围着生活的琐碎打转,这是他最不能忍受的。

和家惠的结合呢?不能算是一个错误吧,基本在正常的范畴内。她比自己小十岁。他也记不清他们是在什么时候默契地结束夫妻性生活的,这有点对不起她。他相信她还有欲望,这可以理解,过分压抑人性是不人道的。那张四个人的合影触动了他的回忆——在他们结婚十周年的时候,他们一起去了趟广州,留下了这张照片。

广州的朋友陪他们玩了两天。家惠似乎很尽兴。第三天晚上,他有个女同学和先生一起从香港到了广州,他们两家人约好在中山路旁边一个叫"七〇年代"的饭店聚一聚。

"我穿这件黄色的怎么样?"家惠拿着下午新买的一件套衫在身前比了比问道。

"茹芯是个精致主义者。"在路上,他告诉家惠,茹芯很会生活,很有情调,尤其是在日本工作了几年后,"连空气恨不得都要进口的,有点近乎病态。"

"我觉得你们这一代人都不太正常。"家惠笑着道。

"也许吧,"他自嘲道,"我们都是理想主义和现实主义苟合的私生子。"

"七〇年代"原来是个私人小会所,有一个小院子,按照七十年代的样子布置的。一进大门,他们就看见茹芯夫妇站在院子中央那个碾盘前等他们。

"越来越精致了!"他微微用力握住她的手。

"久仰大名,久仰大名!"茹芯的先生略微有些发胖,这个香港人的笑容里透着一些虚情假意的热忱。

"呦!您真是太客气了,茹芯一定是又背错简历了,不知道又把谁的光辉历史安到我头上了。哈哈哈!"他故意让笑声显得很爽朗。"有点可惜了。"他看着香港人,情不自禁地想。

茹芯像这里的女主人一样,把他们让到里面的一个单间,对跟在后面的服务员招了招手,服务员递过一个不厚的木质菜单,她笑着递给家惠,道:"这是一个朋友开的,菜品不多,不过挺有意思的,南北口味结合,你们先点单,一会儿我带你去参观一下。"

家惠想把菜单给他,他示意由她做主,并对茹芯的先生说道:"生意不错吧?"

"马马虎虎啦,不像以前那么好做了。香港就是弹丸之地,我现在慢慢开始把重心转到欧洲了。"茹芯的先生道。

"上学时从文的作文就好得让我们绝望,果然现在成了大作

第六天

家！"茹芯变化挺大，一派别墅女主人的风范。她用一种复杂、疑惑的眼神望着他，让他感觉很受用。

"酸文假醋，可比不了你们做大买卖的。"家惠略带得意道。

"那么有才，上学时一定有很多女孩子追吧！"茹芯的老公似乎有点过于随意了。

"茹芯还不是让你追到了。"家惠笑着打趣道。大家哈哈哈，长短不一地各笑了几声。

回到宾馆，家惠拿出茹芯从香港带回的一套精致的法国香薰三件套，感慨道："她的确是个会生活的女人，他们倒是天生的一对。"

家惠说出了他不想承认的话，两个人在心里都对他们刻意表现的恩爱有些鄙夷。

"真是环境改变人啊！"他接着感叹道，"上学的时候她也很普通。"

洗完澡，她用了润肤精华素，道："生活就应该是这样体面又有品位的。"

他们静静地躺在黑暗中，两个人不知道怎么都很想做爱。他们吻到了一起，结婚十年了，这种冲动带着点"奇怪的感觉"，两个人都试图表现得投入些，想让对方感受到最初的激情仍然没有消失。并不激烈的动作没有让他们感受到激情重燃的火花，反而让他们在心里觉得，有些他们一直回避的东西终于尘埃落定了。

"就这样了，"他中途想，"岁月这块磨刀石，永远不会让人越来越有锋芒，它只会把人磨得越来越薄脆。"他突然对未来的生活有些恐慌，这将是被无限拉长的未来吗？

第二天一早，他和家惠到附近一个看起来不错的饭店吃早茶。刚八点一刻，饭店里面坐满了人，人声鼎沸。服务员把他俩安排在一个已经坐着四个人的大圆桌边。

他俩有些迟疑，看着那些精致的小点心，还是坐了下来。他要了明火靓白粥、脆皮肠粉、香煎萝卜糕。家惠要了水晶马蹄糕、水晶鲜虾肠、腐皮白果粥，还有份蜜汁叉烧包。

他俩等餐的时候，对面的两个人起身走了，只剩下一个白发苍苍的老头和一个稍微有点发胖的老太，两个人一直没有停嘴地聊着。他听不懂那些撒娇一样的广东话，看样子他们是在说一些有趣的事，说着说着就笑了起来。他看了看其他桌上的人，老年人居多，都起劲地聊着。

早茶精致而美味，他和家惠默默地吃着，有时候停下来，看着那些翕翕合合的嘴巴，心里充满疑惑："他们怎么会有那么多话要说？"

那张照片是他们四个人一起坐在餐桌旁的合影，家惠和茹

第六天

芯坐在中间,他坐在茹芯一侧,香港人坐在家惠一侧,几个人都微微露着笑意。茹芯那天穿着一件纯黑色、用金线绣着大朵芍药的中式对襟半长外衫,时尚有品,她坐在那里,头略略歪向他。

他觉得自己不会再产生想和谁进入婚姻的期待了,追逐婚姻的年龄已经过去,对家惠,他除了默认她将是自己的终身伴侣之外,也没有太多想法。家惠是怎么想的,他并不太清楚。事实上,他也不想搞清楚,虽然吵架时家惠的话也曾刺痛过他,但就这样吧,这就是他内心的真实想法。

那个护工已经出去半天了,面对他这样无法动弹的病人,她一定也是腻烦得很。他使劲抻着脖子,努力使头向上略微动一动。阳光从窗子上斜斜地照进来。家惠进来时,他的心情已经从最开始的期待变成了厌烦。她面无表情地放下包,摸了摸他的额头。不一会儿,护士又来了,和家惠笑着打着热情的招呼,拿出床下的脸盆打水去了。

家惠把床摇了起来,和护工一起把他病服的粘片扯开,让他的头靠在自己的肩膀上,护工从后面把他的上衣脱下来。他的额头靠在家惠的肩膀上,下巴刚好顶着她的乳房,他心里突然产生一阵莫名的悸动,像水黾漫步水面时敲动的水纹。他暗暗吸了吸鼻子，闻到一阵清新的香气，"她换香水了"，比以前的味道更浓也更沁人心脾。

护工把毛巾在水盆里涮了涮，温度正好，毛巾从他的额头游走到脖子、胸口、肚子上，擦过的皮肤焕然一新，不再灼热难忍，他感到轻松了许多。"没关系，再用点劲儿。"他希望能把外面这层密不透风的粗皮彻底剥下去。他的肚皮现在一定很松弛，缺乏弹性和色泽，整天困在屋子里，本来不黑的皮肤已经有些苍白，显得更脆弱，这是没有紫外线照射的结果，再这样下去，他最后会比白化病人更苍白，全身都发出耀眼的惨白色，像非洲土著部落里涂了厚厚一层白垩的祭师。

家惠在他身后用力推起他，让他半坐着，就像一根肉桩。护工用洗过的毛巾给他擦拭后背。

"多像从前自己给父亲擦背时的情形啊。"那是父亲三个月内第二次入院，这一次无论谁说什么，老头子都不再相信，他知道这次自己弄不好就搁在这了，所以他要求他们每天都要来和他待一会儿。老头子在医院里住了一周。那天他也是这样用温水给他擦身，当时他坐在父亲前面，让父亲的头靠在自己肩上。父亲已经半个多月不能正常进食了，身体虚弱得像根稻草，连坐起来的力气都没有，似乎疼痛也离他而去，他不再呻吟不绝，只是有点咳嗽。他还没给父亲擦完一半，眼泪就止不住地

第六天

流了出来。

"我会就这么在她面前垂下头,停止呼吸吗?"他突然想到。擦好后背,家惠又给他抹了点爽身粉,然后把他轻轻放下,从柜子里拿出一件干净的病服给他换上,才把床慢慢摇下。家惠掀开他身上的单子,把那根管子向一边挪了挪。他只穿着件肥大的病服,刚才就在担心这种不情愿的暴露。他早就不愿意让家惠看到他的阴茎,即使以前勉强和她做爱时他也会关上灯。两个人几乎没有互相爱抚,在呼吸还没有急促起来之前就结束了。现在他倒宁愿是那个粗心的护工给他擦拭身体。

他们已经挺长时间没有亲热过了,三年?也许更长。他们对彼此的身体都有着某种羞耻感,说是厌恶也可以。他睁开眼,她侧对着自己,看样子她一定是在扭头看着别处。现在这个东西一定让她恶心得几天都吃不下饭。给这样的一个人做清洁还不如擦拭家里那个半米高的维纳斯。

前几年,他养成了每晚用热水泡脚的习惯,边看书边加水,泡个半小时,全身感到热乎乎的,连多年的脚气都好了很多。这可要感谢小乔,是她要求他每天都要多喝水,用加了白醋的热水泡脚。现在他的身体成了细菌的乐园,要是不擦,早就生满了螨虫、虱子。它们最喜欢这样的身体了,可以尽情地吸食,直到最后撑死为止。他知道自己被抬进手术室时一定是赤身裸体的——

植物人

和小时候家里过年时杀的猪差不多——全身被刮得光光的,放在冰凉的银白色铁皮砧板上,原本保养得很好的皮肤在灯光下泛着惨白的光。

人的命运真是难以琢磨,一个生龙活虎的人,转眼变成了一具木乃伊,被困在通往死亡的夜路上,他们真应该想点办法早点了结这一切。如果哪个好心的大夫或者护士用错了药,自己决不会怪他。或者就是你,家惠,就当帮我一个忙,不要内疚,更不要有负罪感,现在就拿起你手边的抹布、毛巾、枕巾、床单、鞋垫……什么都行,别犹豫,就像刚才那样,放在脸上就行,只需要两三分钟。我不会挣扎的,我会很安静地配合你。你要明白一点,这不是在犯罪,这是在帮我解脱,是送给我最好的礼物。

趁着老卫刚挂上点滴,家惠到住院部后面的小树林里坐了一会儿。在来的路上目睹了一场车祸。她刚走到人行道边,就听见前面嘭的一声巨响,一个小伙子摔在她斜前方的柏油路上,吓得她"啊"地叫了一声,一下子像被钉在地上,全身僵直,不自觉地抖成一团。两边的车像被一只巨手拖住,全都慢了下来,人们伸头看了看,绕过被撞坏油箱的摩托车,有些恋恋不舍地过去了。小伙子的一边脸上都是灰,用两只手撑起上半身,茫然地看着身边的车流,好像这一切都和他毫无关系。肇事的红色轿车司

第六天

机愤怒地拿着手机吼着走来,小伙子这才慢慢地倒了下去,空气中弥漫着一股泄漏的汽油味。

她吓坏了,转身从桥下穿了过去,绕了个大弯走到医院前门,在住院部后面林荫路边的铁椅子上呆坐了好一会儿。她一直控制不住地发抖,越想停下来越抖得厉害,脑子里不断闪现刚才的车祸场景:一会儿是小伙子被撞起在半空中,一会儿是老卫血肉模糊地躺在马路中央。

她茫然地坐在那里,足足有二十分钟才略微平静下来。太可怕了,怎么看都像是丈夫被撞场景的重演。那个小伙子就直挺挺地摔在她面前,他能活下来吗?一想到这,她就呼吸困难。当初老卫倒下来时,周围的人可能也是这样冷漠,没有人报警,没有人叫救护车,没有人走过去察看伤情,就像在欣赏一出带血的行为艺术。

那天家惠赶到医院时,老卫躺在一张轮床上,像一具从泥浆里拖出来的尸体,身体每个部位都软软地耷拉着,只有紧锁的眉头看着还有点生气。"放心,我们会尽力抢救的。"她机械地接过主任医生递过来的病历夹和笔,按照他手指的地方签上名字。几个护士开始七手八脚地把老卫身上的脏衣服剪开,从他身上扒下来,简单擦拭了一下,然后面无表情、不紧不慢把老卫推进到手术室的专用电梯,和电影里急三火四的情景完全不同。

植物人

一切如同一场不期而至的噩梦。这些天来，家惠总是呆坐在床边看着仍然陷入熟睡中的他，这张还有些肿胀、擦破的地方已经结了痂的脸，显得很陌生。这个仰面躺着的人，就是已经被大夫判定为无意识的那个人吗？"无意识"，她听到这个词的时候，脑袋里突然出现一片空白。如果直接说他是植物人，就等同于说他是死人——一个垂死者，不知道什么时候会苏醒，却可能随时被宣布死亡。她知道这两个词并不存在本质差异，只是医生出于善意想表述得更委婉一些。他们会在他还有呼吸的时候就宣布他实际上已经符合医学上的死亡标准了。她突然想，这个躺在床上的"无意识"的人，这个真正的病人，她的丈夫——老卫，将会带给她什么样的生活？他会怎么样？一直就这么昏迷不醒，或者即使醒了也只是一具行尸走肉，无法工作，无法自理？这样的生活她简直不敢想象。"如果他死了——这有些残忍，自己也许太自私了——大家就都解脱了。"

护士把最后一个玻璃瓶撤下来，冲她笑着点点头。她早已对人们笑容里的廉价同情感到麻木。她把泡着半杯苦荞茶的玻璃保温杯加满水，双手捧着，在老卫的斜对面坐下来，呆呆地看着他。

"老卫。"过了一会儿，她轻轻叫了一声，用手推了推他的胳膊。老卫仍旧沉浸在神秘的未知世界里，没有一点反应。她默默

第六天

地看着他,那种他和自己毫不相干,只是一个面目有点肿胀的陌生人的感觉又浮现出来。

她闭上眼,双手紧紧握住杯子,在心里想了想,说道:"嗯,有些话一直想找个机会和你说说,不知从何说起。"她的思绪仿佛被带到遥远的年代,那些还未被遗忘的场景一下子涌出来,欢乐、苦楚、希望、失望,都清晰可辨。

"你能听见我说话吗?听不见最好。这么多年了,我想和你说说心里话。"她的话让他想起洛城,这个时间似乎是医院最安静的时段,他的心里突然有种不安的预感:她会说出些什么让他预想不到的话来呢?那里面一定藏着他最不愿意知晓的事情,虽然自己可能早就不介意了。

"你爱过我吗?"他听见她轻轻地哼了一声,"我早就不期望这些了。这么多年的生活让我懂得了一些道理,婚姻可以有爱情,也可以没有。"

"你说得对。爱情,开始的时候也许有点儿。后来,Gone。"

"我不知道该怎么评价你。作为丈夫和作为父亲的你,在我眼里并不是同一个人。说出来你也许不信,这件事情困扰了我很长时间。有时候我觉得我是和丈夫在一起,有时候却觉得你很陌生。"她停下来,转动着手里的杯子,等外面的脚步声走过,继续道,"虽然你给了我安逸、体面的生活,对我也挺好的,在很多时候会给我一些感动,但其实你是个极端自私的人,从不把别人放在心上,心里只有你自己。"

"这倒是和洛城的看法很像,你们是商量好的吗?还是在背后这么议论过,最后达成了一致,排着队来通知我?"

"今天你要不是躺在这里,我可能永远也不会和你说这些。虽然我不知道是谁,但是我知道你在外面一定有情人。在以前你一定会毫不犹豫地反驳我。但你骗不了我,毕竟我们在一起生活了那么多年,我了解你的个性和为人,你说过自己不甘于枯燥乏味的生活。只不过你很聪明,一直掩饰得很好。"

"对,我的确需要新鲜的感受,一成不变的生活无异于自我囚禁。难道你不是吗?"

"有时我想,要是我们有个孩子就好了,我可以把全部精力都放在孩子身上,让你自由自在地过你想要的生活。不过我现在也庆幸自己不能生育,让孩子生活在一个冷漠的家庭里本身就是不负责任。"

"哼哼!"

"也许你觉得自己很伟大,但是洛城不一样是你亲生骨肉吗?到头来对你充满怨恨。你对他付出多少?还不如对你的乌龟儿子'鞋垫儿',你一定不会承认,但是事实就是这样。他恨你。"

第六天

"女人总是很狭隘地认为事情总是一成不变的,也许之前他妈妈教唆他要恨自己的爸爸,但是我们的骨肉亲情是割不断的,你没见洛城昨天来看我了吗?不是也叫我爸爸了吗?鞋垫儿怎么样了?是不是见不到爸爸它就不肯吃食了。它吃腻了从后面市场买的龟粮了,该喂它点小鱼。可怜的鞋垫儿,知道爸爸想你了吗?"

"我知道你一定在心里不承认,你总是有理由,总是把责任归到别人的头上,总是认为自己是正确的。不过我也承认,这几年你有些变了,不再那么自私,有时候也知道是自己的不对。"

这么多年,他确实有些忽视了她。怎么说合适呢?毕竟是老夫老妻了,就像左手摸右手一样,早已没什么特别的感觉了。生活不知不觉就将连在一起的两个人慢慢切割开,扔进各自的轨道,哪一家都是如此,这是必然规律,没有人能够悖逆,那些秀一辈子恩爱的夫妻不是自欺欺人,就是感知能力有缺欠。

"你知道这么多年我都是怎么过来的吗?"她又停下来,像等待那些痛苦不堪的回忆过去。

"我当然知道。"他本来就有点神经衰弱,晚上常常睡不踏实,有点动静就会醒,然后半天也睡不着。她也是。他觉得她可能更严重,而且有点抑郁。一次,她请他帮忙挪一下衣柜,他见过她卧室梳妆台上放着一瓶进口药,他匆匆扫了一眼,记住了上面的名字——"百优解"。一开始他还以为是美容用的,到网上查了一下,竟然是抗抑郁的药。"百优解",当时他就嘲笑这个药厂居然用了这么个名字,要是用在酒上就好了,一醉解千愁,再恰当不过了。他查到还有一种叫"怡诺思"的药,也是治疗抑郁症的,名字更好听,像春药。这也是他们分居的一个充分理由。晚上,他们躺在各自的床上,不像在一张床上那样烦躁,可以安心地、不受打扰地慢慢睡去。有时候还是睡不着,她可能也一样。打开台灯,靠在床头,玩会儿手机,或者翻出一本杂志什么的,静候睡眠的再次光临。等早晨醒来时,头昏脑涨的,发现台灯还亮着。

"也许你想要的生活我给不了你。但是我想要的你也给不了我。有时候我想,我们当初在一起可能并不是一个好的选择。如果我的丈夫是一个普通人,过着平平淡淡但却真诚的生活,可能更适合我。"

"人心总是不知道满足,等你过上了那种无聊的小日子就知道有多乏味了。"他突然又想起那个卑鄙小人的女人。

"说这些其实也没什么意义,都过了这么多年了,没有机会了,至少我是没有机会了。"

"有,你会有的,等我一走你就可以去过你期待的平平淡淡的小日子了!"

第六天

"你可能也怀疑我有外遇……"

"对！怎么停下来不说了？有什么好难为情的？"

"我不求你原谅我。这件事一开始我很矛盾。你知道我是个很传统的人。到现在我都一直无法原谅自己，也无法面对父母。我觉得自己很丑陋，不忠于婚姻。不过，你能要我怎么样呢？我也需要有人关心，有人照顾，有人在我心烦的时候安慰我、鼓励我，能让我暂时靠一靠。"她带着哭腔，鼻子不停地抽搐，显得很伤心。门突然被推开了，家惠转头看时，好像是一个护士，她迅速地缩了回去，像怕打扰他们一样。

"好了，别演戏了，我不怪你，告诉我是谁吧。"自从他们分居后，他已经在心里默许她可以有个自己的秘密情人，但是不要让他知道，他情愿做那个被蒙在鼓里的人。对于这一点，他觉得自己很伟大，是一个宽容、有同情心的丈夫。他一直以为妻子和单位那个孙部长关系暧昧，但也可能他们之间只是单纯的友谊，还没有到越界的程度。

"徐大夫，徐大夫，看见徐大夫了吗？"外面有个女声问道，另一个女声让她到六楼医生办公室去找找。她等走廊里的声音消失了才接着道："人都说只有情人间才有爱情。但是我并不爱他，我只是需要他，他能给我你给不了的，也可能是你不愿给的安慰。"

植物人

"仅仅是单纯的安慰?别告诉我不是性安慰。鬼才信!"

"咱俩一开始的生活还算正常,会一起逛街,一起见朋友,夫妻生活也算正常,但是自从我们分开住后,一切就都变了,也许在那之前就已经变了,(是的,之前就已经变了。)慢慢地,我发现自己在夫妻生活上完全没有了欲望,一开始我还以为是快到更年期的原因,但是朋友们告诉我,可能是心理原因。

"到后来,我简直就成了性冷淡,而且从心底里厌恶朋友们提到夫妻或者情人间的那些事。我就想,也许这一辈子就这样了也好,无欲无求的。"

"还是说说你最后怎么变得有欲有求的吧!"他心里充斥着一股掺杂了几丝同情的鄙夷,那个替代他成为妻子安慰者的人,还是刺痛了他自以为不再敏感的神经。

"我不妨坦白地告诉你,其实和你在一起,就是我们还有夫妻生活的那些年,我也从未体验到生理的愉悦。我从来都没有过高潮。你总是很自私,从来不想去知道我心里需要什么,对我从来不会耐心地爱抚,说说爱我什么的。在我身体冰凉的时候就开始发泄,发泄完了完全不顾我的感受就结束。我是一个女人,一个有正常生理需求的女人。"她终于哭出了声,起身去包里拿纸巾。

"你又没说,我哪知道这些。你自己也不是没有责任。现在

第六天

好了，你可以去找自己的高潮去了！难道这还不够吗？不爱他，但是也可以和他在一起，享受你想要的东西。"

"如果你没有这样，我永远都不会告诉你的，我觉得自己是个坏女人，虽然很多人都劝我找一个情人，但是我其实挺害怕的，害怕哪一天父母知道了会很伤心。但是我还是受不了，有时候晚上失眠时想，凭什么你可以在外面胡来，而我却自己受罪。这不公平。"

"哼！这世界上有公平的事吗？幼稚！谁教你的？是不是你同学赵狄？她原来那个洋鬼子情人是不是又换了！"

她吸了下鼻子，又用纸巾捂着擤了擤，喝了两口水，他能听见水从她的喉管里挤着冲下去的咕噜声。现在，他的内心渐渐平静下来，甚至感觉有点神圣，像在听一件于己无关的事。她也流泪了，也算是种忏悔。

"好了，别哭了，谁不会犯错呢，生活不就是这样吗，我原谅你了。"

"既然说了，也就再没什么需要隐藏的了。"

"就这样吧，还有什么要说的吗？别在这翻腾那些陈芝麻烂谷子了，找他去吧。"

"你不会相信的，我和他在一起才两年多，就是你和那个什么小乔去苏州那次我才和他在一起的。虽然我知道你一定也和别人在一起，但是那一次我才发现自己的丈夫到底是怎么想的，你对这个家已经毫不关心了。"

"小乔！你怎么会知道？"他飞快地想象着各种可能，感到有些被当面揭穿的恐慌，"那一次，第二天你不是还开车送我到机场吗？难道你没走？不可能，我是和小乔过了安检才汇合的。"他一直闭着眼，现在更不想看她。

她站起来时椅子颠了一下，然后他听到了皮包拉锁的声音。紧接着，她咳了一声，然后把两个小东西塞进他耳道里，并打开。开始时有一些嘶嘶的杂音，然后是嘭的一声，接着啾地响了一下，才安静下来。家惠拿起包，在镜子前擦了擦眼睛，略微拢了拢头发，开门出去了。

他睁开眼睛，一个小巧的带蓝条图案的银色 MP3 就躺在他胸口，连着黑色的线。不知道里面是不是自己喜欢的肖邦小夜曲，还是她喜欢的民歌？他还是很困惑家惠怎么会知道小乔，一定就是那次了，她躲在安检外的柱子后，从缝隙里看见小乔挽着自己的胳膊一闪而过。她一定很伤心，对不起，还是让你知道了，不知道岂不是更好。不对，她直接说出了小乔这两个字，他没有听错，她就是直接说"你和那个什么小乔"的，她到底是怎么知道的？莫非小乔瞒着自己找过她？她为什么这么做呢？还怕事情不够乱吗？

第六天

"宝贝!你打扮好了吧,我现在就去接你吃饭去。"他一发动汽车就用车载蓝牙拨通了小乔的电话。

"好了,老公,我不想吃汽锅鸡了,想吃家乡菜。"

"今天还是去吃汽锅鸡吧,一会儿告诉你个好消息。"

"什么好消息啊?老公。"

"宝贝,现在不告诉你,看你表现。"

"不嘛,我现在就要知道,不然……"

"不然怎么?"

"不然晚上不理你。"

"你居然要挟我。"

"我就要挟你怎么了!你是我的,我想怎么要挟就怎么要挟。快告诉我。"

"你要是答应我晚上好好表现我就告诉你。"

"那要看是什么好消息了。"

"周六我去苏州,想不想去吃家乡菜啊?"

"啊!真的啊!想啊想啊!你带我去啊!"

"看你表现。"

"我一定好好表现,老公,你想怎么样就怎么样,好不好?"

"这才是好宝贝!"

"切!我一直就是好宝贝!"

"我呢?"

"你是我的好老头儿!"

每次小乔撒娇时,看着她娇憨可爱的样子,他心里都充满了温暖,在心里暗暗许诺"好姑娘,我会照顾你一辈子的"。

他们去吃了汽锅鸡,喝了不少美味的鸡汤。"好撑。"小乔靠在椅子上看着他说。她并不挑剔,要求也不多,这让他更喜欢这个女孩子。

熟悉的场景从耳道里复现出来,他惶恐地听着这熟悉的对话,仿佛置身梦中。她怎么可以这样做?怎么可以这样对付自己?疯子!卑鄙的疯子!

对话结束了,只剩下驾驶室里的噪音、外面的喇叭声。他脑子里乱作一团。他的尊严就这样被这个卑鄙的女人偷走了,好在自己成了植物人,可以不表达喜怒哀乐,就当什么都没发生过。平静下来后,他感到一种从未有过的轻松。她终于心平气和地把真心话说出来了,他的宽容也充满诚意:"如果我们两个都是有罪的人,那就相互抵消吧。"

家惠回来时,耳机里又播出一段他和小乔在车里的对话。她走过去摘下一只耳机听了听,哼了一声,把另一只也摘下来。折磨终于结束了,他松了口气。

家惠把手里的东西放下,想了想说道:"我买的这个MP3,

第六天

能录十三个小时,我把它放在了你座椅下面。我也觉得自己很卑鄙,但是我不想被欺骗,不想不明不白地生活,不想活在你的谎言里。"

"你不过是想为自己的出轨找个自己能接受的理由罢了!谁教你这么做的?是不是那个和你在一起的虫子?让我身败名裂,你好死心塌地地随他摆布!妈的!下流坯子,不得好死!"

他的火气一下被激发出来。这是赤裸裸的阴谋,到底有多少人知道这些?现在是不是已经闹得满城风雨,我已经成了全城的笑柄?我不会原谅你的!如果你想知道这些,为什么不当面问我?为什么要用这种卑劣的手段,像个耍猴人一样看着我表演却不戳穿?我一直没发现你竟然如此病态、邪恶、不可理喻。现在你倒是高高在上,我却像个小丑。告诉你,这没什么,一切都是有因有果的!

她淡淡地接着说道:"我早知道你做的那些事,也许这就是报应。"

"如果真有报应,那你们的在哪里?"

"今天是你的生日,可能你都忘了。我本来不想和你说这些,可是又不想再憋在心里,希望你不要怪我。"她不知道在床头摆弄着什么。哧的一声,他闻到一丝硝烟的味道,觉得脸边似乎有点热气,蜡烛燃烧的味道很快就飘散在空气里。

植物人

"虽然你看不见,也不知道,我去给你买了个小蛋糕,还有你喜欢的百合。希望你能——早日康复。"她说话的语气冷冷的,不带什么感情。接着传来呼呼两声吹气声,蜡烛躲闪着,熄灭了。他把眼睛眯起一条缝,几条又细又弯的青烟正从细细的烛芯上袅袅散去。

夜色越来越浓,今晚他的单位没有人来值班,家惠已经背对着他睡着半天了。他一直没有睡,任思绪起伏。蛋糕还摆在眼前的桌子上,借着门和窗帘外透进来的一点光,他仔细辨认着它灰蒙蒙的轮廓,还可以看见上面细细的蜡烛形状。

"我的生日,有鲜花,有蛋糕,还有意想不到的痛苦。这难道就是我以后要面对的生活?"他有信心,可是也有恐惧,现在他就和一个木头人差不多,别人不挪就无法移动。

"我现在有什么能力来支配自己的命运呢?"他反复问自己。自从苏醒后就体会到了什么是绝望,什么是无能为力,什么是听天由命。现在,他还没有恢复语言能力,全身能动的就只有一双眼睛、半个脖子、几根指头。除了妥协之外,找不到更好的办法。他的一生都在妥协中前进。这次呢?除了妥协,还能前进吗?

人生真是莫大的一出讽刺剧,对于他来说就是这样,从一个人人羡慕、可以自由行动的体面人,突然变成了一个植物人,抑

第六天

或半植物人——有什么区别呢？他只会成为人们廉价同情的对象，甚至是茶余饭后的谈资。很快，他们就会忘记他的存在。时间会改变一切，这是无法避免的。

他清楚人们内心逐渐堆积的冷漠，再怎么掩饰也会表露出来。这是社会的进步还是退化？恐怕没人能说得清楚。走廊里又传来一阵轻轻的脚步声，来来回回走了几趟。这么晚了，是谁还没有入睡？又一个失眠的人？有什么事在困扰着他？如果我能行走，我宁愿一整夜也不停下来。

如果诚实地面对内心，他恐惧死亡。谁能面对死亡心如止水呢？这并不可耻，每个人都终将面对这一切，既无法推迟，更无法拒绝。他反复无常的意志给他带来了希望，又马上背弃了他。他就这样一直处在焦虑和期待的交替侵扰中，真是种巨大的折磨，他开始不相信那些身患绝症的人在知道自己将不久于世时都变得豁达而洒脱的故事——绝对不可能，除非他们是精神不正常，或者渴望死亡的人。可是他不是，他是一个正常的人，有家庭，有孩子，有很好的并且会越来越好的生活。在他的日程表里，还没有死亡的设置。

即使到现在，在小乔这件事上，他也依然不觉得内心有愧，这是实话。真实的快乐是随着荷尔蒙分泌的下降逐渐减少的，到了这个年纪就更是可望而不可即了，不然为什么那么多老年人都

植物人

喜欢聚堆，喜欢和孩子们待在一起，希望从他们身上感染点快乐情绪。他由衷感谢小乔，因为她，他的欲望才重新被点燃，他平淡无聊的生活才多了点生气。确切地说，她拯救了他，否则他真不知道这漫长的生命末段该怎么打发。他有时很疑惑这个没有多少文化的小女人怎么这么神奇，像个能妙手回春的神医，让他这个早就心死的人展现出自己都惊诧不已的活力。真是太奇妙了！他不自觉地把这种发自内心的感激之情和体验幸福的唯一途径紧紧地绑在一起。当小乔告诉他"有了"的时候，他已经觉得他们两个连着骨头带着筋了，她就是他的以后、他的未来。

他的一生会留下怎样的精彩故事，或者生命残渣呢？他想把那本自传体的《逆行者》改成《匿行者》——多好的名字！他会为世人解析这个词的含义，以后人们一看到它就会联想到自己。也许他也该像陀思妥耶夫斯基那样请个速记员——一个漂亮年轻的女人，或者就是小乔，帮他把自己头脑中那些思维的片段链接起来，修复如初。她就是他的左右手、他的思维的延伸、他的心。他相信小乔一定会肩负起这个重担的，他们会因此彻底合二为一，一起成为不朽。

原来他以为后天致盲才是人世间最痛苦的事，现在要修正这个看法了，一个有断续意识又口不能言、身不能动的植物人才是苦中黄连。他身下的这张床就像新闻上持续曝光的美国阿布格莱

第六天

布监狱虐囚事件中用来刑讯逼供的铁椅、铁桩子一样残忍。他突然想起曼德拉的一句话：当我走出囚室，迈过通往自由的监狱大门时，我已经清楚，自己若不能把悲痛与怨恨留在身后，那么我仍在狱中。

第七天
✓

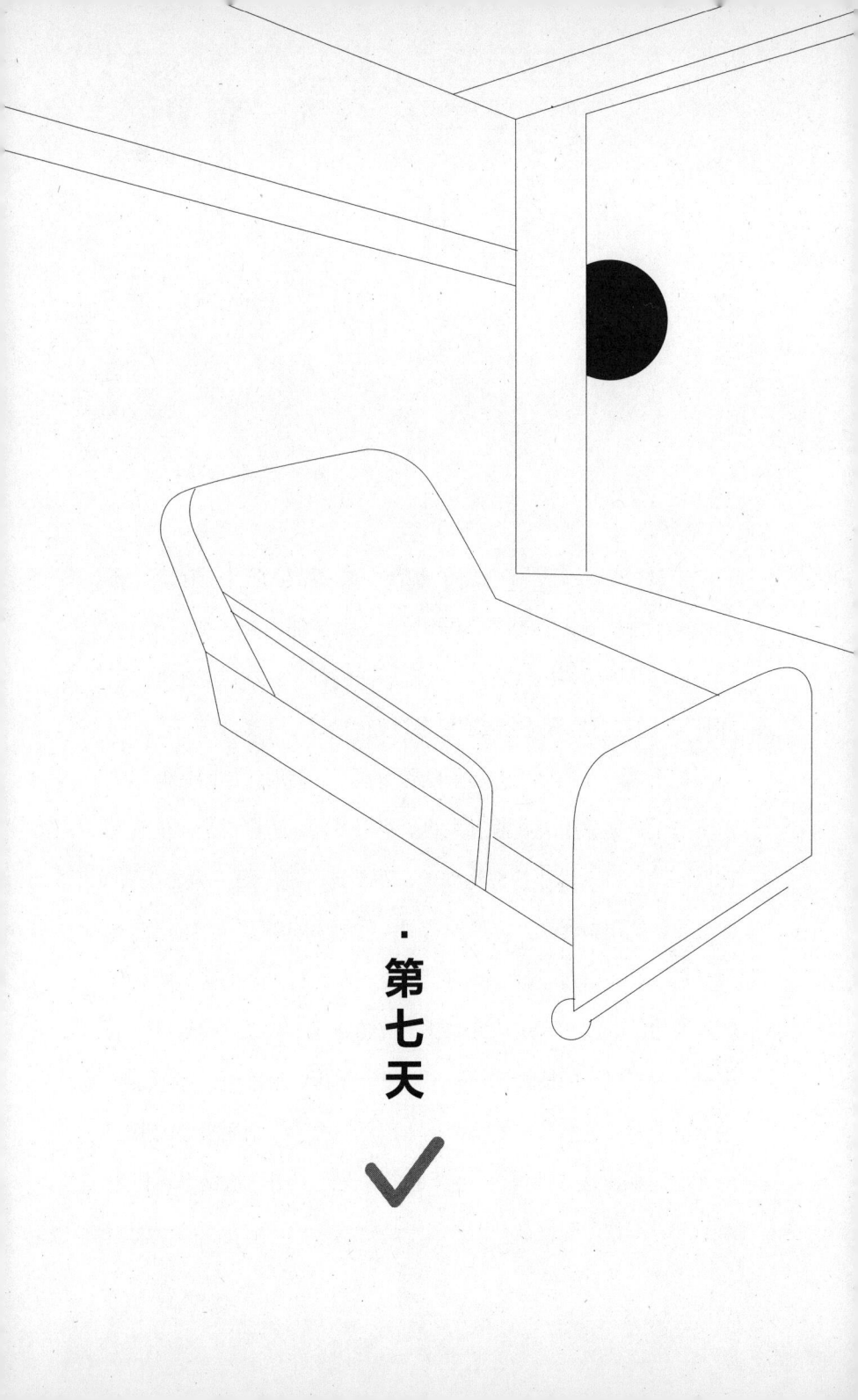

植物人

　　早晨，护工先是给他擦了擦脸，然后帮他把袜子穿上，还给他刮了刮胡子。他的胡子并不浓密，属于那种八字须，下颌有一小块，平时长得也很慢，三天刮一次就行了。不知道在他成了"僵尸"后它们是不是会汲取更多过剩的营养，长得更茂盛。

　　护工用的是他自己的那个电动剃须刀，启动时的声音他再熟悉不过了，那款是飞利浦三头的，差不多要两千块，是一个新人在发表第一部短篇小说时送他的，剃他这种胡子有点大材小用。他更希望她用普通剃刀，那种老剃头师傅用的剃刀，背很厚，异常锋利。她扶着自己脑袋的左手只要一滑，右手上的薄刃就会唰地隔断他的喉管和旁边的大动脉，就像划开一张纸，有个日本小说里就写了这样的情景。弄完了胡子，她用湿毛巾给他擦了擦嘴边刮过的部位，然后从她那个花布包里掏出了一个鹅蛋形的镜子伸到他面前，欢快地说："今天是个好天儿！咱们拾掇得利利索索的。"

第七天

镜子的角度有点向后倾斜，镜子里的那个人看起来明显胖了一些，嘴角略微有点歪，有几根鼻毛伸了出来，该用小剪子修剪一下。她伸头看了一眼，把镜子调整了一下角度，这样他就能看见自己左侧的脸颊了——不对，是右边。他右边脸颊上结着的一大块痂还没完全脱落。镜子动了一下，露出一个光光的、只有一些毛茬的头顶。

"好了，谢谢！我看见那个人了。"床头柜上放着那本家惠带过来看的小说，是马尔克斯的《霍乱时期的爱情》。他很早就看过了，不过他一直觉得魔幻现实主义的作品对自己缺乏吸引力，所以他更喜欢这部，还有那部《一件事先张扬的凶杀案》。他的创作力自从当上文联办公室主任后就开始衰退了。他曾奋力想唤醒它，有一段时间，他几乎每个月都写一篇东西，不断在《文学春秋》和《人民文艺选刊》上发表，但是那种令人兴奋的写作热情始终不见踪影，连个伪装的高潮都没有。和楚楚分开后，他就一直想写首诗，可怎么也找不到写诗所需要的战栗的感觉。那种憋闷的情绪一直困扰了他整整一周，最后还是无奈地放弃了。在遇到小乔后，他似乎死灰复燃了，但也只是写作的欲望而已，真正落笔下去，却没什么起色。他总结这是因为爱情。楚楚只是他被囚禁许久后释放的情欲，小乔才是他最好的作品。但是情欲不是更能唤醒创作的激情吗？

植物人

"躺在床上最想见的人是谁"和"躺在病床上最想见的人是谁"这两个问题有分别吗?他又想起了小乔。实际上他想起了好几个人——女人,他最想见的当然就是小乔。

他闭上眼睛,努力回想着小乔的样子,那张模糊不清的面庞总是在抖动,这不是她的样子,她不是短发,这是家惠!

自从和韩馨搞了几次后,他就给自己立下条规矩,管好裤裆,绝不再和身边的人,尤其是单位的女人过分亲近。那种距离产生的复杂、微妙的牵扯才是最美的,太容易上手的都会充满缺憾,而且还危险。

"她现在在哪?在做什么?是不是还总会想起我。"他从来没想过自己身体里蕴藏着那么浓烈的激情,像头饥饿的野兽。一开始他还收敛着,怕吓着她,不想给她留下只是为了得到她肉体的感觉,但当压在她身上时,他根本就控制不了欲望,仿佛进入了另一个时空,他都有点认不出自己,只能用疯狂来形容。

"疯狂的老卫!一条延迟发情的野狗。"他疯狂地"撕咬"着她,完全不顾她的反应,陷入一种近乎癫狂的状态。"女人都喜欢这样的男人吗?"对家惠,他就不敢肯定,对另外的女人也是。他在她们面前是温雅的,甚至觉得在灯光下赤裸相对都有些难为情。她们也一样,每次都是先躲进被窝里,再把衣服扔出来。过程中,她们也是很有节制地、很礼貌地配合他,生怕不符

第七天

合身份,不给他任何过于冲动的机会。也许她们也希望他像电影里的男主角那样主动,充满激情,可是她们从来没有说过,即使用身体加以暗示都很少。

按照他平时给大家的印象,他是不会在性方面和人有什么交流的,他是一个相对保守的人——可以这么说。可是躺在病床上,他却经常在想这个问题。做爱时小乔会一直闭着眼睛,而他通常都是睁着眼睛。他倒是想让她看看自己的一举一动。

其实就算她现在坚持要出现在自己面前,他也会忍痛让她放弃的。他要在她面前保持自己的完美形象,让她永远感激自己、思念自己,这总比最后忍受不了他的消失好。他对自己这个想法很是满足,多有自我牺牲的崇高精神啊!

小乔不是那种明艳不可方物型的女人,她只是很耐看,身材小巧玲珑,笑起来甜甜的。虽然她的臀部与胸部相比有点窄,但是站在那却风姿绰约,有种天然含蓄的风流,这才符合他的品位。在他办公室电脑的一个加密文件夹里存着一张小乔站在海边一块粗糙的巨石边的照片:海风微微撩起她的头发,让淡青色的纱裙向后摆去,露出她曼妙的身材。他就喜欢这种显而不露的性感,比那些浓妆艳抹的站街女的粗俗、直接更让人渴望。

"你只是想和我上床吧?"小乔气喘吁吁地中途停下来,表情幽怨,让他心里有些泛酸。

植物人

傻孩子，你感觉不到我的爱吗？分辨不出纯粹肉欲和爱欲的差异吗？"我爱你，宝贝！"他在她耳边轻声说道，像个教唆犯。

小乔更加投入地配合他，让他感到身心的双重愉悦。这正是他想要的，她感激地爱着自己。

"你为什么爱我呀？"小乔总是会问这种傻头傻脑的问题。

"因为你可爱啊！"他不需要找更多煽情的话，也不用和他讲自己内心的烦忧，她就会感到很幸福。他就喜欢这种简单的女人，单纯、可靠、可爱。他知道文化局老卢的麻烦，他那个女人他见过一次，一看就是难缠的主。像老卢这种混迹官场的人怎么能犯这种幼稚的错误。人老了，真是连基本的判断能力都丧失了。他更觉得小乔可爱，她让他毫无后顾之忧。

他现在多想喝杯浓浓的咖啡，上面的奶泡小乔弄得最好，她擅长这个，只要他到咖啡厅去，她都会给他弄出不同的图案来，让他有点舍不得喝下去。他知道这种隐秘的暗示，每次他走过来，都让她觉得自己受到了额外的关注。"亲爱的，我明白！"

他吧嗒了一下嘴，挂着黏液的口腔更加想念咖啡的滋润，这次什么也不用加，越苦越好。他发现自己这一次真是动了情，很奇怪的感觉，她就是他的亲人。那种无处不在的依赖感让他心满意足。"照顾好她的下半生"，这是自己天然的责任。

他看了看窗外摇动的树枝，闭上眼，有次小乔穿着豹纹紧身

第七天

裤,他觉得这就是种被压抑的欲望的象征,这样的人内心都是不安分的,埋藏着某种野性。

他尤其喜欢她的大眼睛,热情而大胆,毫不掩饰对他的特别好感。事情的发展比他预计得还要快,但他在肉欲面前很好地控制住了自己,毕竟这不是自己的地盘,世风日下,可能处处都潜伏着足以令他难以收拾的危机。

他们上床的时间因此略微往后推迟了整整半个月。他叫她小乔,因为她姓乔。他觉得历史总是夸大其词,论容貌此小乔未必会输给令曹操神魂颠倒的彼小乔。他找了个出差的机会,精心做了安排。他不想直接在自己住的市中心的高档宾馆,那样太显眼了,说不定会碰到谁。他找了一家很远的中档宾馆,骗过服务台的小姑娘,没出示身份证,登记了一个假名字就开了房间。从下午三点他就待在宾馆里,等待晚上才会出现的敲门声。一切都如他的设计般精确,没有出现一点偏差。他和她度过了迄今为止他人生中最美妙的一晚。

他们非常自然地拥抱、接吻、做爱。他从没想过自己会有如此激烈的表现,甚至有些粗暴,内心那个隐藏的魔鬼一下子就被释放出来。他迷恋她近乎完美的肉体和令人魂不守舍的体味,"她真是个性感尤物"。他一开始还担心小乔会做出排斥的反应,出乎意料的是,她用身体和呼吸热烈地回应他,让他备受鼓舞。

植物人

第一次激情过后,她趴在他胸前听他讲作家们的奇闻轶事,被逗得咯咯直笑。然后他们再一次长时间地做爱。第二天早晨昏昏沉沉地醒来,一个新世界又闪现在眼前。那是一次安全的冒险,虽然做爱时还有些犹豫和后怕,但是走出宾馆时他浑身充溢着满足感,路上的行人仿佛都在看着他,这个满脸洋溢着幸福之光的人!

要说遗憾也有。他的办公室是个套间,里间是张 1.5×1.2 米的单人木床。他一直想和小乔偷偷住一宿,但是太危险,为了一次颤抖的刺激不值得。有时中午吃完饭躺在床上休息的时间,他就会想到这事,并为自己的理智自豪。一开始他还曾想让她到文联楼下的茶馆,那样会方便些。但还是算了,没有距离就会有危险,还是别冒这个险。这是他的处事之道:不出头,不说过激的话,永远小心谨慎,就会得到意外的好运。

开始的那段时间,他是这么想的:他更愿意在心里把她当作一个朋友,一个可以随时保持肉体关系的朋友。但要说是性伙伴,他并不接受,因为他觉得他们之间还是有交流的,并不只是为了把身体连接在一起。他们是有纯洁的性关系的朋友,昵友,介于情人和普通朋友之间的朋友,有情人事实的非情人关系,或者叫看似情人的非情人关系。"暧昧"这个词听起来让人觉得不纯洁,否则说是暧昧关系也可以。这是他不可逾越的底线。他找

第七天

了个恰当的机会,很好地运用语言的艺术让她明白了他的想法。她也心甘情愿地接受了这个现实。虽然有时候他会觉得这对她有点不公,但是这是能让大家都待在安全区域,不至于溺毙的最好规则。"规则造就了艺术,而不是艺术造就了规则。"

后来,一切都走样了。他发现小乔对他无条件的信任和依赖,永远以他为生活的中心点,让他感到踏实。人们不都说爱情最后会演变成亲情吗?他渐渐觉得他离不开这个娇小的女人,无论从生理上还是心理上,他的人生都需要她的参与。他喜欢自己在书桌前修改稿子,小乔躺在躺椅上用ipad看韩剧,不时发出一阵傻笑,有时候还非要他过去一起看那些无聊可笑的桥段。

一只麻雀忽然飞到窗台上,应该不是前天的那只了,神经质似的歪着小脑袋看着他,多肥的一只肉虫啊!进来吧,我脖子上的皮屑足够你饱餐一顿了。小鸟只停留了一下,突的一声飞走了。

天气好的时候,他愿意想想小乔,那些甜蜜的日子现在对他多少还是一些安慰。有时候他自己也觉得很奇怪,在最初醒来的日子,他首先想到、最想见到的是家惠,好像婴儿的一种本能需求一般。应该先想到小乔才是,怎么回事?等想到小乔时,一种深切的恐慌便死死笼罩住他,是害怕幸福会因此离自己而去,还是恐惧于人性的幽暗?

有一阵子他又冲动地想把小乔调到县驻市办事处,还特意趁回乡之际和县委书记大醉了一场,为自己的"亲戚"谋得了这个机会。但思前想后,最终他还是放弃了。世上没有不透风的墙,风险太大。

他最后为她选择了一个毫不引人注目的小区,只有孤零零的三座板式楼房、一栋商品房,其中有两栋都是回迁楼。周围的公共设施很少,出行也不便利,只有一趟到火车站的公交;小区门口也总是乱哄哄的,卖水果的、卖菜的,坐在路边边打牌边等活的黑车司机等挤在一起。这里不单物价便宜,最重要的是毫不起眼,不用担心碰到熟人。

小乔对这个小区并不讨厌,反正她也不去挤公交,一个人生活也不需要太多的采买,最重要的是住着她最喜欢的复式楼房,她花了很多心思将家里布置得温馨而有情调。她尤其喜欢多肉植物,在一楼大阳台那里的架子上摆了一长溜,各种各样的,连她自己都分不清它们的名字。他还记得那天,在去看小乔的路上,她在电话里说要给他个惊喜。一路上他都在琢磨是什么小女人的小情小调。等他上了楼,先和她在沙发上吻了一会儿,想褪下裤子时,小乔按住他的手,道:"不行,今天不行。"

"为什么?"他疑惑地问。

"我有事要和你说。"她说着想坐起来,又被他按在沙发上。

第七天

"有什么急事,做完了再说。"

"做完了就来不及了。"

"还有什么事比这个更急的!"

"我要嘘嘘。"

他只好放开她,自己仰面躺在沙发上想这个小妮子又有什么么蛾子。她在卫生间里待了差不多四五分钟,出来后坐在旁边的单人沙发上。

"过来过来。"他冲她招了招手,她想了想,挪过来坐在他腰边。"到底什么事儿?赶紧告诉我,完了好战斗。"

"今天不能战斗了。"

"为什么?你受伤了?"他笑嘻嘻道。

"我怀孕了。"她突然道,望着他头边的地方。

"真的假的?"他像触发了弹簧一样一下子坐起来。她没有说话,拉开茶几的抽屉,从里面拿出一张纸递给他。他看着化验报告单,日期是前天的,下面是市妇女儿童医院这几个字。

"几个月了?"他问。他尽量让自己的神色不要显出过度的不适。

"都快个三月了。"

三个月了!他想着三个月前是什么时候,难道是情人节那次酒后没有带套?当时她说第二天去买紧急避孕药,吃了就没事了,难道没吃?这个小妮子!

"咱们不是每次都用套吗?"

"用了也不是百分百就保险啊!"

"还是质量问题。"

"你也不问问人家难不难受,真是的!"她扭过身子背对着他抱怨道。

"难受吗?"他终于问道,伸手把她拉到自己怀里,轻轻摸了摸她好像微微有点隆起的小腹。这是一个孩子。

"有点难受,不想吃东西。"

他突然不知道该说点什么了,这突如其来的"surprise"让他有些措手不及,眼前这个靠在他身上的女人一下子就成了一位母亲,而自己又成了父亲,又多了一个孩子……他在心里盘算起来。自从有了洛城他就再也不想要孩子、不想再受拖累了,但是现在他要改变这个观念吗?一个孩子,一个孩子,一个属于自己和喜爱的女人的结晶,这是一个新负担,还是一个新希望?这个消息来得真不是时候。可什么时候才是正确的时间呢?

"你要是不想要,等我生下来就送人好了。"她语带责怪道。

"乱说。"他只回了这两个字。他还拿不定主意该怎么面对这个难题,这确实是一个难题。他俩都沉默起来,一个正常的家庭,面对这样一个正常的时刻,应该有一个正常的反应。而他俩

第七天

似乎像是意外得到了一个并不应该属于他们的东西,一时不知如何处置才好。

"现在是身体第一,千万别着急上火。"他说道。他心里充满了疑问,会不会是化验出了问题?比如血样搞错了,化验单打错了?怎么和她说,让她再去做一次化验呢?

"嗯。医生说,有的人妊娠反应比较严重,我属于还比较轻的。"

"那就好。"

"还有就是暂时不能再和你折腾了。"

"哼哼。我又不是色鬼。放心,我会处理好的。"

"你真好。"小乔往他身上靠了靠,道。

那一周可能是他最受困扰的时期,一个孩子,一个孩子……他总在想,该怎么办呢?一向沉稳的他也感到烦躁不安,他找不到最佳的处理办法。劝她去做人流吗?这可能是最好的结局了,免去了日后潜在的麻烦。实在不行就生下来?然后怎么办呢?

他回想着他们从认识到上床,再到今天的那些日子,一切都那么顺利,她充实着他的生命,并为他做出了牺牲。分开?说心里话,现在有点离不开她,上哪里去再找一个能像她这样死心塌地和自己在一起的人呢?还没有那么多心眼,让他这么踏实。

整整一周,小乔都没有主动给他打电话。他终于下定决心,回去时买了一大束玫瑰,房间里终于显出了应有的喜庆气氛。

"放心,我一定会照顾好你们俩。"他稍微用力箍了箍她的胳膊,情真意切地告诉她。去年买的房子现在看来就像是预先为她和孩子安置的小窝,真是天意。

"你可要说话作数。如果你抛弃了我,我就和孩子一起从这里跳下去。"她说这话时一脸严肃,毫不妥协。

他望着天花板上那个横着的老式铁皮灯罩,原来应该是乳白色的,现在已经变成了灰色,上面蚀迹斑斑,有几块裂开翘起的漆皮。这东西哪天才能掉下来?他又看看自己树桩样的下半身。这几天,他从徘徊在身边的人们的表情中把自己的病情基本弄清楚了——尤其是每天查房时医生不自觉地微微轻摇的头,似乎觉得进来都是多余的。算了,就这样吧,生老病死的自然规律没人能违背,早几天,晚几天,都差不多。

他只是还放心不下小乔,还有她肚子里的孩子。她现在还好吗?是不是早就急得不知所措,每天都向观音娘娘祈祷。那尊镀金莲花座大慈大悲观世音菩萨还是他们一起去普陀山请的。她虔诚得每天都要拜一拜,还拉着他一起。

快十点了,家惠还没有来,是因为内疚,还是去和情人幽会了?胖护士按照惯例给他挂上一大袋营养液,把电视打开就再没过来。怎么也要几个小时这些营养液才能全部注入他的身体里。

第七天

房间里一直就只有他一个人，电视里正在播放的是一个教人做蜜汁莲藕的烹饪节目。小乔喜欢吃一切甜兮兮的食品，像个孩子。在他心里，她就是个孩子，总说些蠢话，被他揭穿时就撒起娇来，总也长不大。一想起她倒在自己怀里不依不饶的样子，他心里不禁涌起一股甜蜜的欲望，在狭窄的胸腔里撺掇了几下才平复下来。快要僵死的心脏现在真是承受不起任何欲望的挑拨了！他暗自叹了口气。

电视里长得有点娘娘腔的男主持人张开双手摆出成功的姿势，用一只叉子挑起一小片莲藕小心翼翼地咬了一小口，抿着嘴，边嚼边做出一副心满意足的样子，仿佛这一口吃食就让他的人生无限完满。他终于想起来了，这个主持人是小乔一个亲戚的表弟，当初还是自己帮着给电视台黄台长打了电话他才被录用的。嗯，就是他，那一晚，小乔终于完全属于他了。

在他有限的意识里，他翻来覆去地想起小乔："她在哪？是不是还不知道自己出了这么大的事？可怜的孩子，以后可怎么办呢？"他现在真想见到小乔，"我的爱，你在哪呢？"

她来了又能怎么样呢？自己连动都动不了，她看了会怎么想？安慰我，付出更多的爱？还是慌不择路地找个借口逃走，一去不返？他想象小乔推门进来的情形，想象她吃惊时瞪着美丽大眼睛的样子。她会哭着扑到他麻木的身上，泣不成声吗？他不能确定,平时看到的也许并不是一个人最真实的一面,什么才是她最真实的一面呢?理想和现实总是充满了不可逾越的距离,就像家惠,平时他们俩很少有长时间的交流,彼此相敬如宾,很怕深入到对方的思想深处去,好像那里总是充满不安和危险。

有时他回忆和小乔在一起的场景,却记不清他们在一起时的那些细节,所有他能想起来的场景都变得很模糊。要是她进来的时候家惠也在场怎么办?这就不只是尴尬了,小乔会马上意识到她面前的这个女人是谁。在来医院的路上她就应该想好应对各种场面的方法。

太阳躲进了云层,天色突然暗下来,就像是为了配合他阴郁不安的心情。"我什么时候才能好起来?难道我就要这样过一辈子,从此远离室外和女人?"他突然有了一种强烈的冲动,"我一定要好起来,就算是为了小乔,不能让她陷入成年人沉重而缺乏幻想的生活。"

"你到底是个什么样的老头呢?"小乔趴在他胸口仰头看着他,就像一个等待父亲回答问题的孩子。

"我?一个能保护你、照顾你,想和你长相厮守的好老头。"他用手指捻着小乔柔顺的发梢。小乔歪头做出思考的样子,然后一声不响地趴在他胸口,摆弄着他衬衫的扣子。

"傻孩子!"他在心里微微嘲笑道,"是啊!我到底是个什么

第七天

样的人呢？"他吸了口气，"一个不坏的人吧。"

他这辈子做过一些好事，也做过一些不好的事，都是迫不得已。总的来说，好事多于不好的事。其实那些不好的事也算不了什么，无非是为了捍卫自己的利益而进行的必要的正当防卫，换谁都会这么做。即使是战争，也都是在后来才被赋予正义和邪恶的名分，其实都是那么回事，都要杀人，都会做噩梦。

即使他在最私密的圈子里，也从未向谁袒露过心扉。

他有个"墙"论，社会是用最好的钢筋和混凝土砌的一堵墙，冰冷、厚实、坚不可摧，我们只能按照它留出来的路走，就像孩子们玩的闯关游戏一样，只有按照设定的规则，沿途才能获得一些金币，否则就只能碰得头破血流，直至死亡。拿血肉之躯撞墙的人勇气可嘉，但并不值得尊重，这只是盲目的冲动，根本算不得什么英勇的行径。太阳东升西落，没有永恒的东西，除了死亡。所以根本就不值得牺牲短暂的生命做无谓的对抗。它终究会塌掉，到它该去的地方。这才是真正的哲思，但是很少有人明白，更别说什么超越了。他尤其鄙视那些整天在网上聒噪的知识分子，他们也无非为了名利而已。

"我的一生真算是成功的吗？"他想。起码不是失败的，要不是这突如其来的横祸，会非常圆满。但他突然觉得他几十年的生命在这次劫难后一下子多出了许多遗憾，那些他原来并不在意的事都钻了出来,密密麻麻地裹住他。家惠、洛城、小乔,还有楚楚,还有谁了?

"小乔!"他在心里痛苦地呼唤着她,这股激情没有持续多久就消退了,回光返照一般。他又陷入绝望的泥沼中,开始厌倦一切,厌倦躺着、厌倦女人、厌倦自己、厌倦生命。心情尚好时他看到家惠会心生感动,他从来没想过她会为自己付出这么多。但在心情焦躁时他又会产生邪恶的想法:"她为什么要毫无怨言地照顾我?她怎么不丢下我去和她的老情人鬼混?这不是天赐良机吗?我有什么值得她如此付出的?她是在用沉默向我示威,惩罚我的冷漠,故意折磨我吗?她想要的到底是什么?"

"老天为什么要选中我?"他不止一次地在心里质问。这个世界所有的一切都在和他作对。"来吧,都出来吧,别藏在别人背后,有什么武器都掏出来,使出所有卑鄙的伎俩,用你们兜里的钱和背后的刀。我给你们出个主意,你们可以雇佣一个妓女来败坏我的名声,看看我到底能不能承受住!来吧!"他的怨恨深重绵长,伴随着郁闷的心情,常常半天还缓不过劲来。

他终于睡着了,醒来时床已经被放平,大袋子也被撤走了。这样挺好,不用征求烦躁的病人的意见,他们想怎么样就怎么样。家惠是没有来,还是见他睡着又走了?过了一会儿,家惠和两个穿着白大褂的男医生进来,护工从后面推进来一个滚轮床,

第七天

其中一个医生示意把它斜停在床边。两个医生脱下皮鞋,分别站在床头和床尾。床头的医生对家惠道:"你托着点腰。"他们俩一头一脚兜住他身下的床单:"一、二、三,起!"老卫被抬了起来,平移放到滚轮车床上,两个男医生脸憋得通红,"真沉。"

"是要检查还是手术?"他想。

他被推到走廊上,他的鼻子马上嗅出和屋子里不一样的气味。他们经过了几个病房,有两个女人坐在一个病房门口的蓝色塑料椅上,病房里面都有人;然后又经过了护士站。进入医用电梯时,他发现身旁只剩下家惠和护工。家惠按了"1"字键,电梯摇晃地缓缓下降。出了电梯,拐个弯是医院的后院,一个小花园。

"哦,原来你们是带我出来晒太阳,你们真好!"外面的阳光温暖、明亮,空气里能闻到丝丝甜味。小树林正是他想象中的那样,还有树下环绕的那些花,花间的几只蝴蝶。她俩推着他在小花园里慢慢走着,路过的每个人都会看他几眼,"呦!这个人病得可不轻。"他们一定会这么想。

一个小女孩突然指着他说:"妈妈,你看。"旁边的女人立刻很紧张地把小女孩拽过去,脸上露出一丝尴尬。没什么,看吧,还可以过来摸摸,不咬人。

阳光一开始晃得他眼睛有些发酸。转了大半圈,她们找了个长椅停下来。"你先忙去吧,过一个多小时来帮我推回去就行。"

家惠说道。

才能出来一个多小时。他不愿再回到病房，家惠，就把我永远留在那棵树下吧。家惠坐在椅子上望着远处，小树林里有几只喜鹊在碗口粗的树上飞来飞去，有时候落在十米外的地上，摇摇摆摆地走着啄食，在有人接近的时候它们也不慌不忙，笨拙地飞到旁边水池的台子上。

在树下，他身上很快就被晒得暖洋洋的。可能是刚才想得太多，他衰老的肌体已经无法承受过多的思维活动，困倦又悄悄袭来。他告诫自己不能睡，要好好享受这难得的一小时户外时光。

一个护士拿着一个本子走过去，和家惠打了声招呼，他却没有印象。护士走到远处，和一男一女说着话，扭身指着他坐的方向。那两个人走了过来。难道真是你吗？小乔！他瞪大了眼睛看着。旁边的男人搂着小乔的肩膀，他是谁？

"您好！是卫老师吗？"小乔看清了轮床上躺着的病人，从男人的手臂里挣出来，脸上显出紧张不安的神色。

"你们是？"

"家惠，她就是小乔。"

"您是卫阿姨吧。我是卫老师以前的学生。"她的话听起来并不自然，不过却是个好借口。

"哦，你们这是？"

第七天

"我们刚听说卫老师的事,来看看他。"她扭头看了眼自己身旁穿着夸张热带鱼T恤、脖子上挂着小指粗黄链子的男人,目光躲闪着病人。

你终于来了!还认得我吗?他是谁?你亲戚?怎么没听你提起过。

"他听不到,"家惠看着小乔疑惑的神情,说道,"也不能表达。"

他曾无数次希望她出现在自己面前,完成他残存的一点期待。好久没见了,她看起来更丰腴了,宽大的长裙也遮不住她鼓胀的腹部。

"你也是老卫的学生?"家惠问那个男的。

"不是,他是我男朋友。"

"谢谢你们能来。"

"本来应该早点来,但是不好意思,现在才过来。"她摸了摸自己的肚子。

"呦,快坐下,别累着。"家惠向旁边挪了挪,小乔坐在一边。"几个月了?"

"七个多月了。"

"反应严重吗?"

"刚开始还好,五个月的时候总是恶心,最近才好些。"

"难免的，多注意点就行，熬过去就好了。"

"嗯。谢谢阿姨。"她们像姐妹一样聊着关于妊娠和孩子的事。那个男人还是站着，眼睛一直看着病人。看什么？不认识我吗？我就是小乔肚子里孩子的爸爸。

"卫老师现在怎么样？快出院了吧？"

"就这样，现在还不知道能恢复到什么程度，也不知道什么时候能出院。看情况吧。"

"哦，那您可真是太不容易了。"

"唉，习惯了。让你男朋友也坐吧。"

"没事。他壮得很，站一会儿没事。"

你男朋友？什么男朋友？哪种意义上的男朋友？他们闲聊着，那个男的开始摆弄手机，有时扫一眼老卫。

"哦，工作也不错，那你们可真是挺好的。"他听到家惠敷衍的话，什么工作？

"嗯。还好。"

"你们住在哪？离这儿远吗？"

"挺远的，西郊那边。"

"哦，租的还是买的？"

"我们自己买的。"

"有孩子还是住自己的房子方便些。"

第七天

"嗯。"

"男孩儿，女孩儿？"

"还不知道，我喜欢男孩儿，他喜欢女孩儿。"小乔说话时目光在病人脸上一扫而过。他？是说我吗？

家惠包里的电话突然响了。她掏出来说了声抱歉，小乔立刻乖巧地笑了笑："您接电话吧，我来照顾卫老师。"

家惠感激地点点头，边打电话边向旁边的一株大柳树下慢慢走去。小乔扒着男人的耳朵说了句话，那个始终一言不发的男人扫了病人一眼，也走了。

好了，亲爱的，现在就剩我们俩了，有什么话想和我说吗？小乔扭身看了看还在往前走的家惠，有些犹豫不决，看着病人欲言又止。没事，说啊！反正我什么都听不见。

"我不知道该怎么和你说。"小乔终于说道。

该怎么说就怎么说吧。

"我就要和他结婚了，这也要感谢你。"

感谢我什么？感谢我在最该倒下的时候倒下了？他是谁？为什么要和他结婚？他算老几？

"我们也不打算生活在这里了。"

怎么？去哪儿？

"我们打算把房子卖了，然后去苏州，我老家那边，踏踏实实做点小生意。"

可是孩子呢?

"我也不想再在这里漂着了,再说还因为有了孩子。"

对啊,难道你要把我们的孩子带走吗?

"早就知道你住院了,可是……最近我心里很乱,不知道该怎么和你说。"

他觉得一切都乱了,这才是最好的惊悚片。结局是什么?他觉得烦乱至极,心脏一阵一阵地被抽空又被填满。什么都不要说了。你爱我吗?告诉我,你爱过我吗?撒个谎,说你爱过这个即将入土的一堆浮肿的肉。

"也许你会说我在利用你,我也不知道。和你在一起时我觉得很踏实,什么也不用想。但是,你还是太老了,还有家,终究给不了我想要的生活。在你眼里我就是一只要养在笼子里的鸟儿,高兴的时候就放出来逗逗。其实我不喜欢被人家拴着,就算是金链子我也不喜欢。但是你却不在意,也不怎么在意我的感受。"

哦,又来了!原来你是这样认为的。

"我可能是太单纯了,不知道到底该怎么做。"

是的,你就是太单纯了,单纯得轻易就啄瞎了老猎人的眼睛。他想用眼神告诉她,但小乔说话时一直望着他头上右侧的地

第七天

方。说得真好,足够坦诚,足够无耻!这些冷冰冰的话从她那会撒娇的嘴里冒出来,像舞台排练一样轻松自如。她怎么可以这样?

"我希望你能好起来。真的,我每天都为你向观音菩萨请愿。"

真是万分感谢!这是我醒过来收到的最好的祝福!

"如果没有怀孕,我可能还能陪你一年两年的。但是自从有了孩子,我就打算早点结束这一切,回老家了。"

那个看起来没什么墨水的雄性难道不介意你肚子里的孩子吗?真是伟大得无以复加!

"以前因为太小,想赚几年钱再说。现在我希望有个完整的家。"

什么是完整的?因为我现在不是一个完整的人了,所以也就不能给你一个完整的家了吗?他看见小乔的鼻翼黏着一根睫毛,看起来那么恶心。他觉得自己的发根油腻腻地发着痒,他的毛囊炎一定更严重了,头皮里面肯定长满了将要炸裂的脓包,它们一定白胖白胖的,就像树林里刚破土的白蘑菇。小乔以前给他挤爆脓包的时候总是皱着眉说:"真恶心。"

"他本来还想过两年再要孩子,但我不想等了。"

意思就是你不想再继续和我待在一起了,对吧?

"我希望过不受束缚、自由自在的生活。"

哈！好一个隐藏的自由主义者！

"上次我回老家那段时间，正赶上排卵期，就怀上了。"

他心里咯噔一下，像被一只大手猛地一股脑掏空了一样。她回去了两周，是十四天。他脑子里乱成一团，那些思绪不受控制地四处乱窜。

"我不想骗你，孩子不是你的，是我和他的，而且是双胞胎，他家有双胞胎基因，他哥、他姐都生了双胞胎。"

"我和他的""双胞胎基因"……这些话在他的耳道里来来回回翻滚着，像是在嘲笑他的幼稚，让他连最后的"我偷着做过检查"都没听清。

"你对我很好，我很感激。也许你是真的喜欢我。我对你虽然不是那种意义上的喜欢，但也总是随着你的心意。所以我觉得也没欠你什么。我并不觉得愧疚，毕竟我付出了几年的青春，足够换回你给我的一切。"

家惠从远处开始往回走了，男人手里拿着两支冰激凌跟在后面不远处。

"我走了，以后可能不会再见了，希望你能好起来。"小乔直起身，迎着家惠走去。"阿姨，我们要走了。"她笑着，诚恳地说道。

"嗯，好，多注意身体，我代表老卫谢谢你们。"

第七天

"不客气,阿姨。有时间我们再来看卫老师和您。"小乔临走时用陌生的眼神又瞥了病人一眼,然后走过去接过男人手里的一支冰激凌,吃了一小口。

完了!一切都完了!他的眼睛瞪得大大的,逼视着小乔。然而小乔却浑不在意,谁会在意呢!她冲家惠笑了笑,回身挽着那个人的胳膊走了,越来越远,头也没回,两个人在快到转弯处时还把头凑到了一起。

这一切是在梦里还是现实中?他闭上眼,止不住急促的呼吸,再张开,耀眼的阳光白花花地罩住了他。几分钟前小乔就站在这,一只手摸着胀起的腹部,与那个野种一起向他炫耀、示威。人怎么可能这样?一点羞耻心都没有。老卫啊,老卫!她是被胁迫的吗?还是也有苦衷?他翻来覆去地想着她说的那些话,找不出什么有力的证据来说服那个愤怒的自我。

她爱过自己吗?一个再优秀的演员都会留下些许遗憾,怎么她就演得那么入戏,那么自如。而他,自诩为技艺高超、演技出众,也最终沦为可悲的配角,真是没用……她是恨自己吗?无论如何,不管他此时此刻如何怨恨她,也无法直面这种嘲弄。还是原谅她吧,展现自己崇高的胸怀与伟大的牺牲精神。错就错在他太过入戏。也许他早就洞察一切了,但却仍旧扮演着自己幻想的角色。总要有人做出牺牲吧。没什么,这不过是一段不堪回首的

植物人

人生插曲。不堪回首，不堪回首……

他躺在那里，感觉自己的身体在膨胀，要炸裂一般。又过了一会儿，家惠终于从椅子上站起来，捋了捋头发，搓了搓手，轮床顿了一下，然后移动起来。

回到病房后他有点发热，到半夜时身上已经很热了。看护他的护士在另一张床上仰面躺着，两只手交叠放在胸口，睡得正香，发出了轻微的呼噜声。走廊里似乎总有一些脚步声，循环往复，整夜不息。

大夫早晨过来查房，见他脸色红润，呼吸有点急促，摸了摸他的额头，才发现他发烧了。大夫把他的药先停了，给他夹上体温计，拿起他的一只手，又翻开眼皮看了看。家惠也来了，在一边面无表情地看着。温度计上显示38.2摄氏度。

"有点烧，给他挂点退烧药，打完了再量一下体温。"医生嘱咐着，小护士不紧不慢地在值班记录上记下来。

外面下着小雨，他迷迷糊糊地睡了一觉又一觉，每次醒来都能听到一只猫在号叫，头像裂开了一道细长的缝，脑子里热烘烘、乱纷纷的。有一次，一个巨大的声响把他惊醒了，他张开眼，那声音还在耳边嗡嗡响着。家惠看着他，正弯腰捡起从柜子上掉在地上的饭盆。他想让家惠把他推出去扔到树下，被雨浇个痛快。

第七天

到了中午,他身下的床像烧红的刑具一样炙烤着他。这个世界有神吗?上帝、释迦牟尼、玉皇大帝、王母娘娘都存在吗?难道这是冥冥之中早就注定的惩罚。这么残酷的惩罚为什么要落在我头上,难道神只会施威于手无寸铁、无力反抗的人吗?请问你是怎么选上我的?抓阄还是掷骰子?难道我是你们向世人展示痛苦的最好道具?你们要是真有慈悲心,怜悯苦难者,就施展你们的魔法,让我重新站起来!我现在已经看透了每个人、看透了这个世界,我不再会被欺骗和愚弄,我要让他们后悔一辈子!

"小乔,你知道吗?我最伤心的不是你离开我,而是你如此妖冶地将绝望赋予一个病入膏肓的人,当你和别人夜夜欢愉的时候,你可曾想到那个一直深爱你的人此时此刻正独自在人生的暗流中挣扎,在死亡的边缘浮沉?即使我对人性的幽暗有如此深的了解,也自始至终想不明白,为什么你会对一个深爱你、对你毫无保留(就算有一点点无伤大雅的保留吧)的人,如此残忍?难道只有如此才能让你为成为一个情感的掌控者而感到满足吗?难道只因我现在不能全部属于你,你就可以心安理得地伤害我吗?我可以给你最后的善意和理解,但是却永远无法原谅你!"

已经傍晚了吗?外面突然划过一道闪电,接着就传来沉闷的雷声,像憋在巨人嗓子眼里的呼噜声。风也跟着猛刮起来,巨大的黑影在窗外一伸一缩地摇晃着,仿佛在冲他招手。隔一会儿,

植物人

又是一道白光，把天空映成奇异的蓝紫色，粗大的雨点噼里啪啦落到肥厚的树叶上。闪电划过的时间越来越长，像一柄抖动的弯刀刺向黑夜的心脏，看着就让人心惊肉跳。一个炸雷之后，急骤的雨点倾泻而下，被风吹到窗玻璃上，噼啪直响。

时间是如此漫长，仿佛要把人吸进黑洞里。一个点也会成为无限，令人绝望。绝望也一样变得绵长，漫无边际，快乐和痛苦彼此纠缠在一处，在此都成为永恒。还有人生中那些无聊、无奈，多得足以淹没整个世界。父母、兄妹、妻子、孩子……情人、朋友、情人……那些曾陪伴他、能够证明他的存在价值的所有人，都变成冷嘲他的证人。他们不知从哪里涌出来，漂浮在摇动的水面，给自己的人生烙上永不磨灭的疤痕……还有什么……所有的，与己相关的东西都从他的身体里被一丝丝地抽离出来，又被糅在一起，像一大团浸了煤油的抹布，从他掀开的胸口里塞了进去，让他觉得气闷异常。一种膨胀、麻痹的感觉从胸口向全身迅速蔓延。他的脑袋一阵眩晕，呼吸随之变得急促而困难，一大块黏痰突然从胃里涌出来，粘在喉咙里，堵得严严实实，气息被挤压出去就无法再挤进来。他感到一阵阵窒息，喉咙里发出嘶嘶的抽泣声，时缓时急。家惠正背对着他坐在那里摆弄着手机。

"家惠！快来帮帮我！"他叫道，眼睛瞪得大大的，脸色涨得发紫，手在抽搐，身体变得紧张，向内收缩。只一瞬间，一切

第七天

旋即又都离他而去。

似乎有一些杂乱的脚步声从遥远的地方传过来,好像还有人在摇晃他、叫他。算了,别再白费力气了,是时候了……他感到极度疲乏,所有的力气都在快速散失,就像一小堆等待被乱风吹散的余烬。要和这个世界再说点什么吗?要对家惠、小乔,还有好心的医生再说点什么吗?那只猫又跳上了窗台,似乎在叫,恍惚间,一种熟悉的漂浮感又悄然而至。在消散的一瞬间他对自己说:

"还有什么值得留恋的吗?"

〔完〕

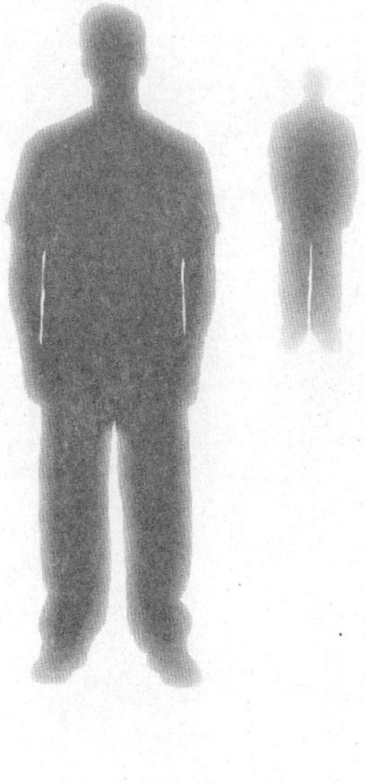